ウサギの国のナス

松雪奈々

幻冬舎ルチル文庫

CONTENTS ✦目次✦

ウサギの国のナス

✦カバーデザイン＝齊藤陽子(CoCo.Design)
✦ブックデザイン＝まるか工房

イラスト・神田 猫✦

ウサギの国のナス

一

父さん、母さん、みんな。なんて言ったらいいんだ。どうやら俺は不思議の国へ来ちまったんだ――。


ことの起こりは昨日の昼間、瀬戸内に浮かぶ大久野島《おおくのじま》へやってきたことからはじまった。

この大久野島というのは戦時中の建物が廃墟《はいきょ》として残っていたり、野生のウサギがうじゃうじゃいたりする一風変わったリゾート島で、俺は理容師学校の男仲間四人でキャンプをしにきていた。発案は廃墟マニアの友だちで、ここは廃墟があるだけでなく宿泊施設やキャンプ場や海水浴場なんかもあって、その手のマニアだけでなく一般人も楽しめるからみんなで行こうぜと誘われたんだ。

俺は廃墟にもウサギにもこれっぽっちも興味はなかったんだが、みんなでキャンプするのは楽しそうだと思って話に乗り、その日、忠海《ただのうみ》からフェリーで島へむかった。そのときおなじ年頃の女の子四人グループと乗りあわせ、彼女たちはちらちらとこちらを見て意識しているようだったんだが、船が出航してしばらくすると見むきもしなくなった。

まあ、なんだ。イケメンに声をかけたいけどかけられないって乙女心はわかるぜ。勇気をだして話しかけたところで自分なんて相手にされないだろうって思うよな。とくに俺ぐらいのレベルになると目をあわせるのも——って、うそです冗談ですごめんなさい。ええ、わかってますとも。単純に、イケメン四人組に見えたのが、よくよく見るとただの雰囲気イケメンだったのがばれたんだろう。ですよねーって感じだ。

まがりなりにも理容師、美容師を目指すはたちの男どもだから流行やおしゃれには敏感で、とくに髪には気を使っている。俺の髪はパーマがかかっているような癖毛で、それを生かした髪型だ。首や耳が隠れるくらいの長髪で、カラーはかなり明るめのブラウン。

ついでに言えば四人とも長身で、すらっとした体型をしている。

みんな遠目には格好よさそうなんだよな。

しかし悲しいかな、顔そのものは全員イケメンじゃない。雰囲気でごまかしているだけで、ごくふつうのぱっとしない男どもだ。俺も含めてな。

これは旅先で新たな出会いか？　と、友人たちは期待したようで、彼女たちを意識していたが、まもなく脈なしだと諦《あきら》めたようだった。

俺は正直、声をかけてみようかなんて話にならなくてほっとしていた。硬派を気取っているわけじゃないが、男の仲間同士でわいわいやっているほうが好きだ。小学生の頃から剣道少年で、放課後は部活と道場で剣道ばかりしていたから女の子とつきあったこともない――なんて、つきあったことのない理由を剣道のせいにしちゃいかんな。道場通いのペースが落ちたいまも、彼女なんていないしモテないんだからな。

俺がモテない最たる理由は、たぶん口下手なせいだろう。いつも言葉が足りない。そのくせ思ったことをそのまま口にしちまうところがあって、女の子には無神経だのひどいだの文句を言われることがある。お世辞なんてもちろん苦手だ。

無口でも口下手でもイケメンだったらモテるんだろうし、イケメンじゃなくたって会話がうまけりゃモテるんだろうが、十人並みの容姿に口下手じゃあモテる要素はないよな。とほほ。

こういうと、口下手なくせに接客業の理容師を目指してるのかと首を傾《かし》げられそうだが、だからこそ、というか、あまり会話の必要のない職に就いたら、口下手がますますひどくなりそうじゃないか。喋《しゃべ》るのがきらいなわけじゃないんだよ。会話が必要な職に就けば、ちょっとはマシになりそうだろ？　でも女性相手の美容師だとホスト並みのトーク術を要求されそうで、さすがにそれは自信がないから男性相手の理容師ってわけだ。男相手のほうがずっと楽なんだよな。

それから、モテないモテない言っちまったが、いちおう言いわけしておくと、さほどモテたいわけでもないんだ。やみくもに複数にモテたいんじゃなくて、ただ、本当に好きな相手と両想いになって恋愛したいって気持ちが強い。俺の両親は駆け落ち同然で結婚し、五十を過ぎたいまでもラブラブで、息子たちにバカップルぶりを見せつけてくるほど愛しあっててさ、我が親ながら恥ずかしいときもあるんだけど、ああいうのっていいなって憧《あこが》れてもいるんだ。

そんなふうに世間体も忘れるほど愛せる相手と巡り会えたら、どんなに幸せだろうと思う。だから、ちょっとかわいいから声をかけてみようとか、ノリでつきあっちゃうとかいうのは抵抗があるんだよな。

と、彼女のいない言いわけを見苦しくも長々と語ってみたが、なにをどう言おうとしょせん童貞の言いわけだ。聞き流してくれ。

島に着くとかわいいウサギたちが出迎えてくれて、仲間たちの関心は女の子よりもそちらへ移った。

到着したのは夕方で、食事を作ったりテントを張ったりしているうちに夜になり、それからビールを飲んで騒ぎながら島をまわった。懐中電灯で照らされる廃墟をめぐるのは、ちょっとした肝試しだ。暦の上では初秋だが残暑が続いていてほどよく暖かい夜、酔って身体《からだ》が熱かったこともあり、上着も着ずにカットソー一枚にデニムという格好で夜道を歩いていると、俺はビールの飲みすぎで小便をもよおした。

「勇輝《ゆうき》ー、どこ行くんだ～？」

集団を離れて道をはずれる俺に、友だちのひとりが声をかけてくる。

「便所。先行っててくれ」

「おー。展望台にむかってるからなー」

たしか地図では、こっちのほうに公衆便所があったような気がすると酔った頭で思いながらふらふら歩くと、やがて便所が見つかり、用を足してから俺はひとりで展望台へむかった。地図は友だちが持っていて、俺は持っていなかったので展望台への道は確認していなかったが、ちいさな島で地形も道も単純だ。上を目指していけばそのうちたどり着くだろうと、適当に坂道を登っていった。

アスファルトの道をしばらく行くと、道が二本に分岐している地点にさしかかった。緩くカーブしているアスファルトの道と、もう一方は獣道。獣道のほうは傾斜が急で、こちらのほうが早く頂上に着きそうだと判断した俺は迷わずそちらを選んだ。

街灯もない薄暗く細い道をぐんぐん歩いていく。月のない夜で元々暗かったが、獣道は鬱《うっ》蒼《そう》と生い茂る木々のせいで不気味なほど暗かった。だが酔いのためかそんなことはあまり気にならなかった。

風も通らない静かな道。己の足音と息遣いしか聞こえない。

「お」

獣道へ入ってまもなく、白い子ウサギが道の先に現れて足をとめた。俺が思わず声を発すると、そいつはふり返って俺のほうを見た。

数秒、ウサギと見つめあう。

「あー、悪いな。いま、餌《えさ》持ってないんだ」

ここのウサギたちは野生のくせに、人の姿を見つけると餌くれーと言わんばかりに人懐こく駆け寄ってくるんだが、その子ウサギは人の言葉がわかったはずもなかろうが、俺が餌を所持していないと悟ったようで近寄ってこなかった。

すぐに道端へ消えるかと思いきや、そいつはくるりと背をむけ、「ついてこいや」というように顎《あご》をしゃくった、ように見えた。そして俺を先導するようにぴょこたんと走っていく。

そういえば夕方はたくさんいたウサギが、夜になったらほとんど見かけなくなっていた。いても、じっとうずくまっていて動きが鈍い。だがその子ウサギは元気いっぱいに駆けていく。

ウサギが走る姿はこの島に来て初めて目にしたが、尻尾がぴょこぴょこしてなかなかかわいいもんだ。

ウサギがいるのは宿泊施設の周辺が最も多く、あとは観光スポットに多い。ウサギが姿を現したということは、きっと展望台はもうすぐなんだろう。この子ウサギについていけばたどり着けるだろうと思った。

「ウサギ～追いし……おいし……美味《おい》しい……」

白い尻尾のあとを、なにも考えずにぼんやりとついていく。

相当酔っ払っていたらしい。そこから先のことは覚えていない。


夢を見ていた。

浜辺に打ちあげられたワカメになった夢だ。

葉緑素がーと必死に訴えていたりして、わけわからん。

夢はよく見るほうだが、自分が自分以外のものになった夢は初めてで、ゆらゆらと揺れる感覚があまり気持ちのいいもんじゃなかった。冷たいさざ波が規則的に俺の根っこを濡《ぬ》らして緑色の身体から熱を奪い、背中側へ砂まじりの海水を送り込んでくる。

次第にそれが夢の中のできごとではなく、現実の苦痛として俺を苛《さいな》んできた。

寒い。とにかく寒い。ついでに頭が痛い。二日酔いの痛さだ。

その耐え難い不快感とまぶた越しに感じる朝の光で、徐々に意識が浮上してくる。波の音と潮の香り。

どうやら自分は浜辺の波打ち際に寝ているらしく、着ている服が水浸しになっているのを感じた。だからワカメになった夢なんか見たのか。ていうかワカメの夢なんかどうだっていいんだ。どうして浜辺で寝てるんだよ俺、と頭痛をこらえて眉《まゆ》をしかめたとき、上から低い声がした。

「気がついたか」

聞き慣れない男の声。友だちの声じゃない。

まぶたを開けると、見知らぬ男に覗《のぞ》き込まれていた。日本人だけど彫りが深く、まるで山賊の頭領みたいに豪胆そうな顔立ちの男だ。年齢は俺とおなじぐらいだろうか。陽に焼けた肌に短い赤毛。そしてその頭には、変なものがついていた。

頭からにょっきりと生えた二本の長いもの。ウサギの耳のように見えるが、なんだありゃ。

山賊男は倒れている俺のかたわらに膝《ひざ》をついて覗き込んでいるんだが、そのまわりにはほかにもたくさん人がいた。山賊男よりもすこし遠巻きに、立ったまま、恐る恐るといった感じで俺を見ている。十人ぐらいだろうか。二十代ぐらいの青年から白髪の初老と年代はまちまちだが、みんな男で濃い顔立ちをしていて、着物を着ている。それからやたらと大きく感じられた。身長は二メートルぐらいありそうで、体格も尋常でなくたくましく見えるが、それは俺が寝ながら見あげているせいだろうか。

ウサギの耳のような変なものは、全員の頭についている。

なんだろうなーこれ。

見れば見るほどウサ耳にしか見えないんだが、俺、寝ぼけてんのかな。まだ夢見てんのかな。

寝起きのせいで頭が働かないうえ、二日酔いによる頭痛が思考の邪魔をする。ワカメだった夢の名残がまだ頭に残っていることもあり、これが現実のことなのかわからなくなってきた。

ふわふわしていて、さわったら気持ちがよさそうだよな。

ゆらゆら揺れてて、さわってくれって誘われてるみたいだし。

……。さわりてえ。

俺は身を起こしながら、目の前にいる山賊男の頭を凝視した。そしてぼーっとしたまま、おもむろにウサ耳を手でつかんだ。両手で二本のそれをむんずと鷲《わし》づかみである。

うお、毛並みが超気持ちいい。と思ったとき、山賊男が目を見開いて固まっているのに気づいた。

同時に周囲の男たちが衝撃を受けたようにざわめきだした。

「な、なんと淫《みだ》らな」

「変態だ」

「変態だぞ」

「人前で堂々と。はれんちすぎる」

もっ
ふっ

男たちは口々に言い、怯《おび》えるように後じさりする。なんだその反応。

ウサ耳をつかまれて固まっていた山賊男も、動転したように叫んだ。

「あ、あ、あんた、いきなりなにすんだっ！」

山賊男がなぜか恥ずかしそうに顔を真っ赤にさせて、尻餅《しりもち》をついて俺から身体を離す。それと同時に俺は反射的にウサ耳から手を離した。

「あ……ごめん」

ほんのちょっとしかさわれなかったが、温かかったし、毛の感触が作り物っぽくない気がした。島でさわったウサギとおなじ感触で気持ちよかった。引っ張ってはずれるおもちゃではなく、しっかりと頭に生えている感じだったが……。

本物なのか？　ていうか、にせものだったとしても、どうしてこんなへんてこりんなもの、みんなしてつけてるんだ。

みんなのこの反応もふしぎだ。変態とか言ってたよな。いきなりさわったりして失礼だったとは思うが、それに対する反応としては違和感を覚える。

この人たち、いったいなんなんだ。

いやそれよりも、ここはどこだ。俺、どうなっちまったんだ？

じわじわと頭が動きだし、この状況のおかしさを認識しだす。

ウサ耳の生えた大男たちの背景へと意識をむけてみると、場所は自然そのままの広々した海岸だった。大久野島ってかなりちいさな島で、こんな海岸なかったはずだ。

混乱して、急いで昨夜の記憶をひっくり返してみる。

夜にみんなで酒を飲んで、ふざけながら島をふらついたことは覚えている。展望台へ行こうとして、その途中で便所に行きたくてひとりだけ離れたことも。だがそこから先が記憶にない。

飲みすぎて記憶が飛んでいるようだが、なにをどう行動したらこの状況と結びつくのか見当もつかなかった。

「今度の兎神《うさぎがみ》は変態行為がお好きなのか?」

「顔色ひとつ変えずにあんなふしだらなまねをするだなんて、我らの兎神よりも相当淫乱《いんらん》なようだぞ」

「いや、しかし兎神にしては髪や肌の色が……本当に兎神なのか?」

「妙な着物を着ているのも伝説とは異なるし」

男たちが恐れるようにこちらを見ながらぼそぼそと話しているのが耳に入ってくる。自分のことを話しているようだとは察するが、意味がよくわからない。ともかくここはどこなのか尋ねてみようと男たちの様子を窺《うかが》っていたとき、遠くから数人の男たちがやってくるのが視界に入った。

その人たちもやはり大柄で着物を着て頭にウサ耳を生やしている。だがその中に、ひとりだけウサ耳を生やしていない人がいた。体型も大柄ではなくふつうの日本人並みで、集団の中央にいる大男に子供のように片腕で抱かれていた。紺色や茶色の着物ばかりの中で、その人だけは明るい色の着物を着ている。それから大男たちは赤毛の短髪だが、その人は長めの黒髪をひとつに束ねていた。

ウサ耳のないふつうの人もいるんだな。ほっとして眺めているうちに、彼らは俺のそばまでやってきた。大男たちはでかくて脚が長いから、歩くのも早い。

あとからきた大男たちは俺から二メートルぐらい離れた場所で足をとめた。警戒されている雰囲気が伝わってくる。

耳のない人は三十歳ぐらいだろうか。おとなしそうな顔立ちの男性で色が白い。

彼を抱いているウサ耳の大男は二十代なかばといったところか。こちらは濃い顔で、やたらと凜々《りり》しく威厳がある。正統派まじめイケメンって感じだ。

耳のない人が興奮したように俺のほうを見ながら、抱いている凜々しい大男の腕を握りしめる。

「隆俊《たかとし》くん、降ろしてくれ」

大男が、注意深く俺に視線を注ぎながら首をふった。

「だめです。海辺であなたを離すことはできません」

「でも、これじゃあ話をしにくいから」

「話なら、ほかの者にさせます。あなたを離すことはできません。離したとたんに消えたりしたら……。ここまでお連れしたのですから、これ以上は私も譲歩できません」

「朝だし、だいじょうぶだと思うけど」

よく見ると、耳のない人の手首には着物の帯のような紐《ひも》が結ばれていた。紐の先は大男の腕に結ばれている。

「陛下」

俺の脇にいた山賊男が凜々しい男へ心配そうな顔をむけた。

「その方をこんなところへお連れしていいんですか」

「私だって連れてきたくなかったが、確認したいと頼まれては、しかたがない」

隆俊と呼ばれた凜々しい男は陛下とも呼ばれた。俺の乏しい知識では、陛下なんて呼ばれる人は国王とか皇帝とか天皇ぐらいなもんだ。隆俊って人が何者だが知らないが、お偉いさんなのは間違いないよな。実際にそう呼ばれている人に会ったこともなかったが、いるんだなあ。

「それより秋芳《あきよし》。そちらの身元は確認したか」

隆俊が山賊男に尋ねる。この山賊男は秋芳というらしい。

「これからです」

山賊男、もとい秋芳が俺に顔を戻し、慎重な口ぶりで話しかけてきた。

「あんたも……兎神、なのか？」

「へ？」

ウサギガミ。ウサギ髪？　ウ・詐欺髪？　どんなヘアスタイルだ？　眉を寄せると、秋芳が低い声で質問を重ねる。

「違うならば、何者なんだ。この国の者じゃないな。どこから来た」

「……どこからって……大久野島だが」

ここがどこかもわからないので、その答えでいいのか、それとも出身地を知りたかったんだろうかと返事に迷ったし、こちらとしてもここがどこだか知りたかったが、どうも警戒されているようなので、まずは敵意がないことを伝えることが先決だろうと疑問を挟まず答えたら、視界の端で、耳のない人がはっとしたような顔をしていた。

「それは……月の国——日本ということか」

秋芳が月の国と言いかけて、日本と言い直す。月の国ってなんだと思いつつも、日本には違いないので俺は頷《うなず》いた。

「ああ」

「名前は」

「那須《なす》」

まず名字を名乗り、それから那須勇輝とフルネームを言おうとしたら、ふたたび周囲がどよめいた。

「……ナス……？」

「人の姿をしたナス、ということは――」

「式神《しきがみ》か！」

「式神だ！」

なぜか男たちのあいだに動揺が走る。

「兎神を月へ連れ戻しに来たのだな！」

「なんと」

「しかし、兎神は我らの宝。いまさら渡せぬっ」

「そうだ。やはりナスはすべて食べつくすべきだったのだ。どうしたらいいんだ」

そうだそうだ、どうするどうする、と騒ぐ男たち。

秋芳は驚いた顔で俺を見、耳のない人はうろたえている。

隆俊は無言だが、俺を見る目つきが異様に険しくなった。

ええと……。

どうして騒いでいるのかさっぱりわからないんだが、俺はまずいことを言っちまったんだろうか。でも名前を名乗っただけなのに。

若干不安になりながらざわめく彼らを眺めていると、その中にいた白髪の老人が「待て、皆の衆」と制した。

「……茹《ゆ》でたらもとのナスビの姿に戻るやも……そうしたら生姜醤油《しょうがじょうゆ》をかけて食べてしまえば……」

耳のない人がぎょっとしたように老人へ言った。

「ゆ、茹でるだって？　佐衛門《さえもん》さん、なに言ってるんだ！　そんなことしたら死んじゃうじゃないですか！」

老人がはっとしたように彼に目をむける。

「まさか、兎神が式神を呼んだのですかっ？」

「いいえ、俺が呼んだわけじゃないです」

会話の様子からどうやらウサギガミとはヘアスタイルではなく呼び名のようで、耳のない人がそう呼ばれているらしい。さっき秋芳も俺にむかって尋ねたが……なんなんだ。ウサ耳のある大男たちのほうがよっぽどウサギっぽいのに。

内心で一生懸命状況把握に努める俺の前で、兎神と老人の会話が続く。

「またもや降臨の式典を目前にして、帰られるおつもりか……っ」

「違いますって。それに彼はナスじゃなくて、れっきとした人間ですよっ」

「人間のはずがありませぬ。この妖艶《ようえん》な姿は月から来た神である証拠。しかもこの者はナスだと自分で言ったのです。兎神もお聞きになったでしょう」

「彼は那須という人で、食べるナスじゃないんですよ」

「兎神の神通力で人の姿になった式神のナス。元は食べるナスだったのでございましょう」

「いや、違くて……」

ウサギガミが困ったような目を俺にむけてくる。目があうが、俺はなにも言えずに見返した。

「た、隆俊くん、ちょっときつい……」

俺たちの視線に気づいた隆俊が腕に力を込め、腕の中のその人をぎゅっと抱き締めていた。

老人も俺たちの視線を意味のある目配せとでも思ったのか、表情が厳しいものになった。

「あなた様の式神だから、かばっておいでなのですなっ？　月に戻りたくなったのですかっ」

「違う、違うって」

「今度こそ本当に我らをお見捨てになるつもりなのですかっ」

「違いますってばっ」

「ならばナスビの処分については、この神主、佐衛門にお任せくだされ」

「任せたら、茹でるんじゃ？」

「焼くやもしれませぬ。秋の焼きナスはおいしゅうございますからな。しかしそれだとアーブクタッタの呪文《じゅもん》を使えず、正体を見破る効力がないやも」

「だめです！　この人は煮ても焼いても食べられませんっ」

ウサギガミが叫んだ直後、老人の目がきらりと光った。

「む。煮ても焼いても食えぬ者？　したたかで手に負えぬ者と言うことですかな。それはますます警戒せねば」

「なんで急に比喩《ひゆ》になるんです！　言葉のとおりですよっ！　それとも最初から比喩だったんですか……？　ほんとにもう、こんがらがってついていけない……ええと、だから……あ、もう……なんでよりによって那須なんだ……」

話の内容はいまいち意味がわからんが、自分の身に危険が迫っていることはひしひしと感じられる。ナスナス言ってるから、俺の名字が問題なんだろう。茹でるとか言ってるし。そしてウサギガミがかばおうとしてくれているのもわかるんだが、詳細がわからないから俺はなりゆきを見守ることしかできない。

なんだかわからんけども、がんばってくれウサギガミ。

ウサギガミがもういちど俺に目をむけ、頭からつま先まで視線を流し、それからなにかに気づいたように俺の胸元へ目を戻した。そして閃《ひらめ》いたように口を開く。

「佐衛門さん、みんな、彼の服を見てごらん」

「奇妙な着物ですな」

「胸のところに4、8って書いてあるだろう」

俺が着ているカットソーには、胸元と背中に48と数字がプリントされている。その下には適当な英語も書かれている、よくある量産品だ。これがなんだというのだろうと、俺も自分の胸元を見おろした。

「4と8という数字。神仏に仕える佐衛門さんなら、覚えがあるんじゃないですか？」

「はて……4と8」

佐衛門と呼ばれる老人が首をかしげる。

「わからないですか？　あれは彼の誕生日を示しているんです」

ウサギガミは言い切った。

「四月八日は花祭りの日でしょう。釈迦《しゃか》の誕生日だ。つまり――彼はお釈迦様なんですっ」

おいおい。

なにを言っているんだこの人は。そんな話、誰が信じるっつーんだよとずっこけそうになっていたら、なんと、男たちが驚愕《きょうがく》の表情で俺を見た。

「お釈迦様ですと……？」

「そう。後光という言葉を聞いたことがあるでしょう。それは、あの金色に輝く髪を示す言葉なんです」

「おお、あれが後光……髪のことだったのですか……たしかに光を受けてまぶしく輝いております」

「なるほど言われてみれば、我らとは異なり、兎神とも微妙に異なるその容姿からして、納得できるものがありますな……」

え。信じるんですかみなさん……。

たしかに俺の髪はかなり明るい色に染めてるから、朝日を浴びて光ってるかもしれないけどもさ。後光ってどうよ。

「しかし、お釈迦様がナスと名乗るとはどういうことでしょう」

「じつはお釈迦様はナスビだったのですか？」

「ナスは兎神の式神。ということはお釈迦様が兎神の式神だということですか？」

「つまり、我らの兎神はお釈迦様を式神に使えるほど偉大だということか」

ウサギガミは答えていないのに、男たちは自分たちの疑問に自分たちで勝手に答えを導きだして、納得しはじめている。

「おおう、さすがは我らの兎神！」

バンザーイ、と男たちが野太い声を海辺に響かせ、諸手《もろて》をあげた。

万歳三唱して感激している男たちに、ウサギガミが神妙に頷く。

「そ、そう。とにかく、彼はただのナスじゃないんだ。だから丁重にもてなしてほしいんです」

「わかりました……この方はお釈迦様であり、ナスはナスでも尊いナスということですね」

「そう。間違っても、茹でるなんて考えないでください」

さっきまでウサギガミの否定に耳を貸さなかった老人が、手のひらを返したように納得している。俺がお釈迦様だなんて、その場しのぎの思いつきとしか思えないあの発言のどこに老人を説き伏せる力があったんだ。ただ服に48って書いてあるってだけなのに。

理解し難いが、ウサギガミのお陰でひとまず命拾いしたらしい。ありがとうウサギガミ。

男たちが納得している様子を見て、ウサギガミはひたいの汗をこっそり拭《ぬぐ》っていた。

「兎神」

隆俊が用心深そうに目を細めた。

「信じてよろしいのですね」

隆俊は鋭い視線で俺を観察する。まだ疑っている様子だ。

「ああ。すくなくとも、彼は俺を連れ戻しに来たわけじゃない」

ウサギガミが隆俊を見おろす。

「とにかくさ、屋敷に戻ろう。彼も状況がわかっていないだろうし、説明してあげないと」

「式神の処遇については、佐衛門と評議衆たちと協議することにいたします」

「それ、俺も参加する」

ウサギガミはそう言うと、俺にむけて安心させるように微笑《ほほえ》んだ。

「那須くん。きみ、びしょびしょだし、服を着替える必要がある。びっくりしてるだろうけど、わかる範囲で説明するから、ここから移動しよう。むこうに街や役所があるんだ。立てるかい？」

　穏やかな口調は頼れる大人といった感じで、俺の混乱した心を落ち着かせてくれた。ウサ耳がない自分とおなじ人間ということでの仲間意識もすでに芽生えている。理解不能なこの状況の中ではいつも以上に安全に対する嗅覚《きゅうかく》が敏感になり、最も頼れる存在を本能が察知しているようだ。

　きっと俺はこの人から離れてはいけない。

「秋芳。そちらの世話を任せる」

　俺がウサギガミへ返事をするよりも早く、隆俊が秋芳へ命令した。俺にウサギガミと話をさせたくないようで、隆俊は俺の様子に注意を払いつつ踵《きびす》を返す。

「歩けるか」

　秋芳が手を差しだしてきたが、手を借りずとも問題なさそうだったので自力で立ちあがった。靴の中が濡れてぐずぐずだ。頭も重く、一歩足を踏みだそうとしてふらついちまったら、とっさに秋芳の太い腕が俺を支えてくれた。

「おい。だいじょうぶか」

「ああ。平気……」

　俺は秋芳を見あげた。並び立ってみると、やはりでかい。俺の身長は百七十八センチだが、秋芳もほかの男たちも二メートルはありそうで、囲まれていると子供になった気分だ。状況が把握できない不安と体格による威圧感に怯《ひる》みそうになり、気持ちを奮い立たせるつもりで腹に力を込めた。

俺は茶髪だったりして一見チャラそうな外見だが、伊達《だて》に十数年も剣道をしてきたわけじゃない。根性はあるつもりだ。

平気だと答えたのだが、秋芳はまだ心配そうに俺を見ている。いや、心配そうというより照れているようにも見えるが、気のせいだろうか。

「さっきみたいな……とんでもねえことしなけりゃ、俺が運んでやるが」

運ぶ？

俺は怪訝《けげん》な顔をして彼を見返した。まさか、ウサギガミがされているように抱っこでもするというつもりか。

「そうしないと行けないような場所なのか？」

「道は平坦《へいたん》だ。ただ、距離がある」

「だったら平気だ。歩ける」

俺は短く答えてウサギガミのほうへむかった。彼を抱える男は歩きはじめている。ウサギガミはこの中では誰よりも頼りになりそうで、話も通じそうなのだ。離れるわけにはいかないと、急いで足を運ぶ。

ウサギガミがなにか言ったようで、隆俊の歩く速度が緩み、俺を待ってくれた。砂に足をとられながらそのとなりへ俺が並ぶと、ゆっくりと歩きはじめる。

「那須くん、歩きながら話そう。俺は稲葉泰英《いなばやすひで》と言います。ここではウサギの神様、兎神と呼ばれてる」

「兎神……稲葉さん……」

「それからこの人はこの島国の国王」

兎神こと泰英氏が、隆俊のことを国王と紹介した。うひゃ。

国王だなんて、さらりと言ってくれるなあ。たまげたぜ。

陛下と呼ばれていたから相当偉い人なんだろうと予想はしていたが、ほんとに国王だったんだな。王と呼ばれるような人物と対面したことは初めてで、正しい対応なんてまったくわからん。理容学校で客への接し方は多少習ったが、客が国王だった場合は想定されてなかったし、俺は丁寧語に毛が生えた程度のあやふやな敬語しか使えねーぞ。

わからんもんはしかたがない。とりあえずふつうに目上の人に接する感じでいこうと思い、会釈をし、簡潔に名乗る。

「那須勇輝です」

「赤井《あかい》隆俊だ」

無視されるかと思ったら、国王が無表情ながらもあいさつしてくれた。

泰英が王の腕の中からすこし身を乗りだして俺を見おろす。

「きみは大久野島から来たと言っていたね」

「はい」

「じつは俺もそうなんだ」

泰英は頬《ほお》を紅潮させて、興奮した面持ちで語る。

「大久野島で白い子ウサギのあとを追いかけていたらウサギ穴に落ちて、気づいたらこの島の海岸にいた。きみが倒れていたのとおなじ場所だ」

「ウサギ……」

「きみもそうなんじゃないかい？」

昨夜の記憶だと、俺も白い子ウサギのあとを歩いていた。ウサギ穴に落ちた記憶はないけれど、酔っていたし、俺も穴に落ちた可能性はありそうだ。

「酔ってたんで、記憶があいまいで……。覚えているのは、白い子ウサギのあとを追って展望台へむかっていたところまでなんです」

「俺も展望台へ行く途中だった」

話しているあいだに、なんとなく思いだしかけてきた。

そうだ。子ウサギについていったら、道があると思ったところに地面がなくて転んだ気がする。辺りは真っ暗で足元が見えなかったんだ。それで頭を打ったような……。

「それで、ここって……？」

「うん。すでに気づいてるだろうけど、ここは日本じゃない。俺たちの知っている世界とは異なる土地で、異なる人たちが住んでいる」

「違う世界……」

俺は惚《ほう》けたように呟《つぶや》いた。

「そんなことが……」

「そんなことが、起こったんだよ。信じられないだろうけど」

大久野島に異世界へ通じる門があり、白い子ウサギがその案内人だという。俺も泰英も、そこを通ってこちらへ来たのだと。

断言されても、すぐには頭に浸透しなかった。

「んじゃあ、その、耳もやっぱり本物ってことですか……」

「本物だ。ここの人たちには、みんなウサ耳がある。ないのは、日本からやってきた俺ときみだけ」

ウサ耳の生えた人種なんて地球上にいるはずがない。それなのに目の前にはウサ耳族がうじゃうじゃいるのだから、泰英の言うとおり異世界に来てしまったのだと思わざるをえないし、自分でももしかしてそうじゃないかと思っていたから、やっぱりそうだったんだなあとも思うんだが、心の中ではうそだろうという言葉ばかりがくり返されている。

俺はファンタジー大好きっ子で、もし自分が異世界に飛ばされたらどうするだろうなんてことをガキの頃には空想したこともあったんだ。いつまでもめそめそ泣き騒ぐ主人公にイラッとして、自分だったらすぐに順応して前向きに戦ってみせる、なあんて考えた覚えがあるが、実際にそうなってみると、だめだな。頭がショートしちまってる。

表面上は挙動不審になるわけでもなく、泣き叫ぶでもなく、歩みをとめることもなく冷静ぶってる俺だが、けっして動揺していないわけじゃない。ことが大きすぎるというか、理解の範疇《はんちゅう》を超えていて反応できないだけだった。

「ここは日本語も通じるし、日本っぽい文化がある。だけどいろいろと常識が異なったりするから、慎重に行動したほうがいい」

言われて初めて、そーいや日本語が通じてると気づいた。ボケてるぜ。

「とくにウサ耳は要注意だよ。気になってもさわっちゃだめだ」

「どうしてです」

「うかつにさわると変態扱いされる」

俺は頬を引きつらせた。たしかに、変態だのなんだの言われていた……。

「早速さわっちゃいました」

「え。誰の？」

「秋芳という人の……」

秋芳本人は遠慮するように俺たちから離れて歩いていて、話の内容は聞こえていないようだ。泰英が苦笑を浮かべた。

「秋芳くんか……。まあ、さわっちゃったものはしかたないな……」

歩きながら喋っているうちに、周囲の景色は海岸から農村へと変わっていた。田畑があり、木造の家が点在している。昔話に出てくるような、古く懐かしい日本の風景を連想させる。しかし一軒の家の規格がやたらと大きかったりして、違和感もあった。

異世界といったら、俺のイメージでは剣と魔法が出てきたりする洋風の雰囲気が思い浮かぶんだが、ここは日本語が通じたり和服だったり、日本っぽくて変な世界だ。

「みなさんの様子だと、俺の名字に問題があったみたいですけど」

「それは……俺が兎神と呼ばれているのと関係しているんだ」

「というと」

「兎神というのは、この地を救う伝説の神なんだけど、俺、それに誤解されちゃってね」

「誤解ではありません」

王が口を挟んできた。

「実際に、あなたのお陰で実り豊かになっています」

「うん、まあ……結果的にはね」

泰英はあいまいに笑って流し、俺へ話を続ける。

「ええとね、兎神はナスとキュウリを式神に使えるという伝説がここにはあってね。それでなんの因果か、きみの名字が那須だったものだから、きみは式神だと誤解されたわけだ」

「……はあ」

「俺たちは月から来たことになってる。日本は月にある国なんだと、みんな信じている。それで、きみが兎神である俺を月に連れ戻そうとしに来たんだと思ったみたいだ」

「みんな、本気でそう思ってるんですか？」

国王の耳を気にしながらもそう言うと、泰英が苦笑した。

「理解しにくいよなあ。でもここはそういうところなんだ」

泰英は俺の気持ちに理解を示す一方で、ここの常識も受け入れている様子だ。それはここでの生活が長いせいなのか、それともそういう性格なのか、大人だからなのか。

長年住み続けていても、受け入れられない人は一生受け入れられないもんだろう。そういうのは言葉にしなくても伝わるものだ。この人は、たぶん柔軟な思考の持ち主なのだと思えた。

説明も、わかりやすい。なにもわからない俺にも理解しやすいように話してくれている。

順を追って説明されると、ウサ耳族たちの言動の理由がすこしだが理解できた。納得できるかといったらそれは別問題だが。

俺より先にこの地へやってきた泰英は、この地を救う神として祭られて大事にされているらしい。その大事な神を連れ戻しにきた式神だと、俺は誤解されているという。言わば、かぐや姫の迎えの役回りみたいなもんだな。だから王に警戒されているようだということは、わかった。

しかしなんで俺が式神なんだ。いくら名字が那須だからっつってもさ。そもそもナスが式神ってどういう理屈だよ。

謎がひとつ解けると、新たな疑問が増えていて、ますます混乱しそうだ。

「ところで稲葉さん。その手首の紐はなんですか」

彼の左手首には紐が結ばれていて、王の左手首に繋《つな》がっている。最初に気づいたときからずっと気になってたんだ。泰英が王に大事にされている雰囲気は感じるから、虐待とかペット的扱いによるものってことじゃなさそうだが、でも、だとしたらなぜだろう。

「ああ、これは……俺、海に近づくことは禁止されてるんだ。人が倒れているって話を聞いて、いまは特別に連れていってもらったんだけど、その代わり、俺がひとりでどこかへ走って行かないようにって結ばれて……」

泰英は困ったようにちらりと王を見た。

「これ、もう海は離れたから、解《ほど》いてもいいだろ？」

「その者が本当にあなたを月に連れ戻しに来たのではないのか、疑いが晴れるまではだめです」

やっぱり王はまだ俺を疑っているらしい。

なぜ泰英は海に行ってはいけないんだろうと思ったが、その疑問はその後に続いた泰英の説明で押しやられた。

この島は四国ぐらいの大きさで、人口は一万人ほど。電気や化石燃料は利用されていないが上下水道は江戸レベルぐらいには整っているという。そんな説明を聞いているうちに、点在していた民家が密集しだし、農村っぽかった風景が次第に街の雰囲気を帯びてきた。時代劇の江戸の街ほどにぎやかでなく、地方ののどかな城下町っぽい感じかな。ちらほらと目につく人々はみんなウサ耳だ。大男だけでなく小柄な人もいるが、顔立ちからして子供のようだ。

玄関先に置かれた鉢植えの花がしおれかかっていたり、それに虫がたかっていたり、こちらを見つめる子供が鼻水を垂らしていたりと、素朴でリアルな生活感があるのが時代劇のセットでも夢でもなく、現実のことなんだよなあと感じさせる。

こうして歩いていると、本当に異世界に来ちまったんだなあという実感が徐々に芽生えてきた。

やがて道の終着地点に大きな門が構えていた。

「あれは役場だよ。その奥に評議所があって——評議所というのは、国会議事堂みたいなもの、というと大げさすぎるか。政治家さんたちの会議所って感じかな。それから評議衆と呼ばれる政治家や、役人たちの住まいがある」

役所の門をくぐると、生垣で囲われた敷地は予想していた以上に広く、武家屋敷のような建物が建っていた。京都の二条城《にじょうじょう》とか、雰囲気的にあんな感じに近いかな。役所ということで人の出入りがけっこうあって、人々の視線がこちらに注がれた。

王と神が歩いているのだからそりゃあ視線も集めるだろうが、それに負けず劣らず俺への視線もすごくて、みんな、あんぐりと口を開けて、衝撃を受けたような顔をして穴が開くほど見つめてくる。

ウサ耳がないことは泰英といっしょだが、それでもめずらしいことには変わりないだろうからなあ。髪の色も染めている人はいないようだから、この茶髪も驚かれているかもしれない。あとは服装とか。

俺は剣道以外にはこれといった特技も自慢も特徴もなく、ごく平凡なはたちの男だ。理容学校へ入ったのは華やかな世界に憧れたわけじゃなく、口下手の件と、あとはこの不況の時代、食いっぱぐれがないように手に職をつけていたほうがいいだろうと堅実志向で選んだだけで、目立つようなことはどちらかといえば好きじゃない。

こんなふうに注目を浴びたこともないから落ち着かないが、まあ異世界人だからしかたないよな。

こちらとしてもものめずらしくてきょろきょろしていると、泰英が気にしてくれた。

「だいじょうぶ。みんな、めずらしくて見てるだけなんだ。ここの人たちはみんな親切だし、俺がついてるから、心配しなくていい」

「はい」

事情を先に教えてもらっていたお陰で、さほど心配していなかったんだが、俺の心を気遣うように声をかけてくれる泰英が頼もしかった。

もしこの人がいなかったら、俺は落ち着いていられなかったし、話の転がり具合によってはひどい待遇を受けていたかもしれない。実際、茹でて食べるとかなんとか言われてたもんな。そう思うと泰英の存在は感謝としか言いようがない。

「きみは俺と違ってしっかりしてそうだな」

「いえ、そんなことは……」

「動じてないように見える」

「混乱しすぎて頭が働いてないだけです」

「はは。その気持ち、よくわかる。那須くんは歳《とし》はいくつ？　学生さん？」

「はたちです。理容師の専門学生です」

泰英がほがらかに微笑む。それを見た王が、なぜかむっとした表情をしていた。

一行は人々の視線など気にせず役所を通りすぎ、裏手へと進む。

役所の裏へ行くと人の姿が途絶え、雰囲気が変わった。私有地のような庭園があり、小川に架かる橋を渡り、木々のむこうに瀟洒《しょうしゃ》な造りの建物が現れる。こちらも武家屋敷風なんだが、役所よりも随所の細工が細かく、なにげなく屋根を見あげたら鬼瓦《おにがわら》がウサギの顔なのを発見した。

「ここに評議所と評議衆の住まいがあるんだ」

王と泰英に続いて中に入る。廊下へとあがる階段の前で靴を脱ぎかけた俺はふと足をとめた。

「足、びしょびしょなんですけど」

廊下は塵《ちり》ひとつなくぴかぴかで、掃除が行き届いている。そこを汚すのは気が咎《とが》めた。

「じゃあ、俺が運ぶ」

背後にいた秋芳が言った。どうしてこの男は俺を運びたがるんだ。

「いや……着物が濡れるだろう。拭《ふ》くものを貸してもらえれば」

言い終える前に、迎えに出た男のひとりが俺に手拭いを渡してくれた。礼を言って受けとり、足を拭いて廊下へあがる。

そういえば、ここまでの道中も距離があるなんて言われたが、たいした距離ではなかった。それほどひ弱だと思われてるんだろうか。

なぜか知らないが泰英はずっと王の腕に運ばれていた。彼は王の腕の中にいるせいで小柄に見えるが、ふつうの大人並みの体格だ。それをずっと片腕で抱えて平然としている王の体力にいまさら気づいてちょっと驚く。俺も体力には自信があるほうだが、片腕で大人の男を抱えて歩くだなんてことはとてもできないぞ。

「湯の準備はしてあるよな」

手拭いを持ってきてくれた者に秋芳が声をかけていた。

「はい」

「あとは俺がやるから。この人にちょうどよさそうな着物を見繕ってくれ」

「かしこまりました」

そのやりとりからして、秋芳もけっこうな身分の男なのかもしれないと思えた。おない年ぐらいな感じだから自然とタメ口をきいちまってたけど、もしかしたら失礼な相手だったのかも。これもいまさらだけど。ま、いいか。

「風呂はこっちだ」

秋芳が俺の先に立つ。案内してくれるらしい。

「あ、待って。那須くんは五右衛門風呂の使い方はわかるかい」

「あなたは行かなくていいんです。秋芳に任せてください」

泰英が俺を気遣って王の腕から降りようとしたが、王はそれを許さず、抱いたまま廊下の奥へとむかった。ほかの男たちも王に続く。

「秋芳くん、那須くんのこと、くれぐれも頼むよ〜」

連れ去られながら、王の肩越しに泰英がこちらに呼びかけている。それに対して、王がどことなくおもしろくなさそうな顔を見せていた。

「なぜあなたはそれほどあの者のことを気にかけるのです」

「だってそりゃあ、俺とおなじように日本から来た子で――」

ふたりの会話は徐々に遠ざかっていった。

どうも王は、泰英が俺に親切にするのが気にいらないらしい。兎神を連れ帰ろうとしているかもと警戒しているのだろうが、それとは微妙に異なるニュアンスも感じたのは気のせいだろうか。

「行こう」

「ああ」

俺は秋芳のあとについて、彼らとはべつの通路をふたりだけで歩いた。長い廊下をなんどか曲がり、中庭や渡り廊下を通ってやがてたどり着いた一室の扉を秋芳が開け、中に入る。

「ここだ」

続いて俺も中に入ると、そこは脱衣所らしき部屋で、奥の扉が風呂場になっているようだった。日本の一般住宅の風呂場よりはいくらか広そうで、簡素な作りだ。

「着替えはあんたが入っているうちに持ってこさせる」

秋芳が説明しながら奥の扉を開け、風呂場へ入る。その背を眺めながら、俺はさっさと服を脱ぎはじめた。海水でベタベタして気持ちが悪いんだよ。

「石鹸《せっけん》や手拭いはこれを使ってくれ。風呂は蓋《ふた》を——」

秋芳がこちらへ顔をむけた。

「な……っ」

俺はカットソーを脱ぎ終えて、上半身だけ裸になったところだった。それを目にした彼はぎょっとしたように目を見開き、瞬時に湯気が出そうなほど顔を真っ赤にしてうろたえた。

「あ、あ……あんた……っ」

「なんだ?」

彼の視線は俺の胸元に釘付けになった。かと思ったらはっとしたように横をむき、身体ごと壁のほうをむく。

「あんた、女だったんだな……いや、すごくその、神は性別を超越してるっつーか、アレなんだけど、兎神とはまた違う感じだから、でも態度は男っぽかったし、どっちかなあとは思っていたが、俺の耳さわるし、その、いや、俺としてはべつに性別とかどっちでもいいっつーか」

壁にむかってごにょごにょと言っている。

「なに言ってんだ?」

「いや、だから……すまない。すぐに出ていくっ」

真っ赤な顔を俯《うつむ》かせたまま、脱兎《だっと》のごとく出ていってしまった。

なんだあれ。

このまっ平らな胸を見ておきながら、俺を女だとかなんとか言ってたよなあ……。変なやつ。

気をとりなおして俺はデニムも下着も脱ぎ、風呂場へ入った。身体をざっと洗い、湯船の蓋を外して足を入れた。

「どわっ」

入れたとたん、あまりの熱さに驚いて慌てて足を引っ込めた。転びそうになったが、持ち前の運動神経でふんばった。いや、湯加減じゃなくて、浴槽が熱くてさ。縁は木枠なんだが、内部は鉄釜《てつがま》なんだよ。ドラム缶風呂みたいなもんだよなこれ。足の裏が熱くてそのままじゃ入れないぞ。やつら、本気で俺を茹でる気じゃないだろうな。

そーいやガキの頃、下駄《げた》を履いて風呂に浸《つ》かるとかいう昔話みたいなのを聞いたことがあったなと思いだした。よく覚えてないけど、助さん角さんだったかな。

なにかないかと洗い場を見まわすと、下駄はなかったが木製の椅子があったので、それを湯船に沈めてみて、その上にそろりと乗り、膝を抱えてすわった。風呂釜はウサ耳族にあわせて底が深いので、そうしてみるとちょうどいい塩梅《あんばい》になった。

泰英が風呂の使い方はわかるか、とか言ってたな。特別な入り方があるんだろうか。この入り方、もしかして間違ってるか？　まあいいや。入れてるんだし問題ないだろ。こまけーことは気にしたほうが負けだ。

そんなおおざっぱな考え方をする俺は、たぶん理容師にはむいていないんじゃないかと薄気づいていたりはする。ちょっと虎刈《とらが》りになっちゃいましたけど、ま、いいっすよね、なんて言う理容師は俺だって嫌だ。気をつけなきゃなあとは思うんだが、生まれたときからの性分はそうそう直せない。しかもおおざっぱなところがあるわりに、思考が柔軟というわけでもなく、自分で納得していないことはなあなあで済ませられないというやっかいな性格をしている。

「おい、だいじょうぶか？」

扉のむこうから秋芳の声が届いた。

「叫び声が聞こえたが、どうしたんだ。開けてもいいか」

「いや、だいじょうぶだ。こけそうになっただけ」

「そうか。着替え、置いておくからな」

返事をすると、秋芳が脱衣所から出ていった。

湯加減はすこし熱めで、でもそれが気持ちよく、二日酔いで重かった頭がすっきりしてきた。

しっかし、異世界だなんて信じられないよなあ……。

テレビのドッキリ番組なんかで騙《だま》されている可能性はないだろうかと思ってみたりもする

が、一般人の俺にこんな大仕掛けなことをするはずがない。なにもかもがありえなすぎて、逆にうそ臭さが微塵《みじん》もない。

信じられないが、やっぱり異世界なんだろうなあ。

「びっくりだよな……」

ため息をひとつつき、天井を見あげる。

日本とこの地の時間の経過がおなじならば、日本もひと晩が過ぎたことになるが、大久野島にいるはずの仲間たちはいまごろどうしているだろう。きっと心配をかけているはずだ。

日本に帰れるのだろうか。泰英が帰れずにいるということは、俺も帰れないのかもしれない。

風呂に入って気持ちが落ち着いたのか、それまで考えなかった様々な疑問や心配ごとが新たに浮かんできて頭がパンクしそうだった。

「……。むう」

俺は自分に活を入れ、心を律した。心が乱れていては、この難局は乗り切れないぞ。長年の剣道で培《つちか》った心構えをいまこそ発揮するべきだろう。平常心、平常心。

悩んでどうにかなることでもなさそうだし、疑問はあとで泰英に質問できるように頭の中を整理しておこう。

本当に、泰英がいてくれたのが救いだ。

風呂からあがると、脱衣所に木綿《もめん》の着物が用意されていた。パンツはトランクス型の生成りのものだが、襦袢《じゅばん》や着物はピンク色だ。

「なんでピンク……」

ウサ耳族たちはみんな茶か紺の着物だった。泰英の着物も淡いクリーム色っぽい明るい色だったが、こんな派手なピンクじゃなかった。

いや、借り物にケチをつけるわけじゃないが、なんだか女の子みたいな色で手がとまってしまった。

「異世界だしな……色彩感覚とか、日本とは違って当たり前だよな。いや日本だって年代によって違うし……」

帯は男物だし、他意はないのだろう。きっと、ウサ耳族より俺は小柄だからサイズのある男物がなかったんだろうと思い、袖《そで》を通した。

剣道という和の武道をしている影響なんだろうか、よく考えたことはないが俺は和風なものが好きで、夏祭りには好んで浴衣《ゆかた》を着るし、ほぼ毎日剣道の胴着も着ていたから和装は慣れている。

着物を着ると洋服よりも気持ちが引き締まる気がしてすがすがしい。ぴしりと背筋を伸ばして脱衣所から出ると、秋芳が腕を組んで廊下に立っていた。

「え……。ずっと待っていてくれたのか？」

驚いて見あげると、彼は俺をちらりと見て、「ああ」だか「うむ」だか口の中でもごもごと呟いて顔を背けた。

まさか待ってくれているとは思わなかったので、のんびり湯に浸かってしまった。でもそうだよな。風呂から出て誰もいなかったら、次にどこへ行けばいいかわからなくて困っていただろう。こりゃ悪かったな。

「悪い。長湯して」

「かまわねえ。案内する」

秋芳が歩きだす。俺はその半歩後ろにつき従った。ぶっきらぼうな口調にこの男の気取りのなさを感じて、ちょっと親しみを覚える。うまがあいそうな予感。

「どこへ行くんだ」

「評議所だ。王や評議衆たちが、あんたのもてなしをどうするか相談してる」

「稲葉さんは？」

「兎神もそこにいる」

秋芳が肩越しにちらりとふり返る。

「あんた、兎神とどういう関係なんだ」

「どうって……べつになにも」

「そうか」

なにか言いたげなまなざしが気になった。

「どうして」

「いや、あんたも兎神も、お互いにやけに気にかけてるんだなと思ってな」

「そりゃ、同郷の人だから」

見知らぬ異世界で出会えた、たったふたりしかいない日本人同士なのだ。気にかけて当然じゃないかと思うのだが、秋芳はいまいちすっきりしない顔をしていた。

「あんた、あんなことしておきながら……、兎神が来たとたんに俺に興味なくしてるから……」

「え？」

「いや、なんでもねえよ」

秋芳は顔を戻し、それきり黙って先へ進んだ。やがて到着した評議所というのは板敷きの大広間で、王と泰英を中心として、十数人の男たちが円になってすわっていた。

泰英のとなりの座布団がふたつ空いていて、泰英が手招きする。

「那須くん、こっち。ここにすわって」

彼の手首に結ばれていた帯は解かれていた。

促されるまま、俺は空いた座布団にすわった。秋芳は俺のとなりにすわるのかと思いきや、泰英の背後に膝をつく。

「なあ、兎神」

秋芳が口元に手を添えて、遠慮がちに泰英に耳うちした。

「以前あんたに、理想の人はあんただって言ったことがあったが……あれ、撤回させてくれ。時効ってことでもいいいんだが」

俺がいる側で耳打ちするから、王には聞こえないようだが俺の耳には届いた。なんのこっちゃ。泰英もきょとんとしていて理解していなさそうだったが、わかったと頷いていた。

秋芳はそれだけ言うと、俺のとなりの座布団に腰をおろした。

男たちの話しあいはすでにはじまっていたようで、俺が来たことでいったん途絶えた議論が再開する。彼らが評議衆なのだと泰英が説明してくれた。

「では……式神のもてなしは、兎神に準ずるということでよろしいか」

ひとりが言い、男たちが頷く。

「世話係や警備の手配は田平《たへい》に任せた」

「部屋はどうする。それによって警備の人員も変わる」

顔を見合わせる男たちに泰英が言う。

「俺が使ってる部屋でいいんじゃないかな？　俺、夜は家に帰ってるから、最近はあまり使ってないし」

王が眉をひそめる。

「昼間、あなたがあの部屋で執務をしているあいだはどうするつもりです」

「いっしょにいればいいんじゃないか？」

「それは許可しかねます」

「陛下。東の対にある藤の間でいかがでしょうかな」

佐衛門と呼ばれていた白髪の老人が提案し、それに王や評議集が賛成して部屋が決まった。

「あの、稲葉さん」

俺は議論の邪魔をしないように声をひそめて泰英に話しかけた。

「俺、稲葉さんの式神って思われてるんですよね」

「ああ。悪い人じゃないって説得はできたんだが、式神ってことについては誤解が解けなくて。もう、それでいいかなあと俺は妥協しちゃってるんだけど」

勝手の異なる異世界だ。危険な目にあうのでなく、そのほうが都合がいいと言うのであれば、多少の誤解は俺もかまわない。

ただ、式神という役目が俺に務まるのかが不安だ。泰英は兎神としてなにやら仕事をしているようだし、俺もなにかすることになるんだろう。

「式神の役目って、なんなんです？　兎神を連れ戻しに来たと誤解されていたのは聞きましたけど、それ以外には」

ここに滞在するとなると、式神としての能力を期待されるかもしれない。

俺の知ってるファンタジーの世界じゃ、異世界にやってきた主人公は勇者認定されて魔物や敵と戦うことになるのが定番だが、俺の役どころは勇者じゃなくて式神だ。式神という名称は知っているが、具体的になにをするものなんだ。やっぱりセオリーどおりいくとバトル系か？　とすると剣道をしていた経験が役立つだろうか。長いことやってたから多少は自信があるんだが、具体的には市民選無段の部で二位になったとか県大会で団体三位だったことがあるって程度の微妙なレベルだからなあ。街で引ったくりを捕まえたこともあるけれども、人外のものと戦った経験なんてもちろんないから、いきなり戦えと言われてもできるだろうか。すくなくとも式神っぽい妖術は使えないぞ。

「俺、剣道をしていたんで、多少は腕に覚えがあります」

「うん？　そうなんだ。式神の役目としてみんなが認識しているのは、兎神を月に連れ帰ることだけみたいだ」

でも、兎神を連れ帰るという話は否定したのだ。

「じゃあ、俺がやって来た目的は、なんだと思われてるんですかね」

「間違って偶然来ただけだって話しても納得してくれないから、俺の様子を見に来たのと、手伝いをしに来たって説明してみた」

「なにを手伝えばいいんです？」

「とりあえず畑仕事かな」

「畑仕事……？」

予想よりもずいぶん平和な仕事だ。

「敵とか、いないんですか」

「敵？　ここは戦争もない平和な国だよ」

泰英と話しているうちに評議衆たちの議題は進んでいて、そちらから届いた声に、ふと意識を引き戻された。

「それで肝心な、例のもてなしについてだが」

左衛門の、やけにひそめられた声。

それまで比較的淡々と話を進めていた一同だったが、それを合図に空気が一変し、緊張が張り詰める。

「やはり、兎神の式神なわけだから、そちらもしっかりもてなさねばならんだろう」

「毎日の交わりか……」

「そういうことになるだろう」

「しかし、相手はいったい誰が務めるのだ」

「陛下か？」

「いや、兎神ではないから、陛下でなくてもよいのでは。それに陛下は兎神の相手で手一杯であろう。専念するために家を建てたほどなのだから、よほど大変なはず」

「式神は、その兎神よりも数段過激なお方のようだが」

男たちは恐れるように俺のほうを見ず、小声で話しあっている。

「どうする。性欲の神である兎神よりも淫らなことをお求めになっているのは、海岸での一件でわかったが」

「交代制にせんと、我々の身体がもたないかもしれん。評議衆も世話係も総動員せねば」

「わしは持病の喘息《ぜんそく》があるから、ちと無理だ」

「俺も脚気《かっけ》気味で。イボ痔《じ》もあるし」

「俺も医師から交わりは一日二度までにしろと言われておるから」

「ふつうの交わりならば、ぜひ立候補したいところだが……あのような淫らな行為は、俺には勇気がない……」

泰英と王、秋芳を除いた一同がうんうんと頷く。

「性欲の盛んな若者を集めるか」

「しかし若者にあの刺激は強すぎる。ふつうの交わりでは満足できない身体に調教されては、かわいそうではないか」

「やはり調教されてしまうか」

「されてしまうだろうな。式神はふしぎな魔力をお持ちのようだ」

この人たちはなにを言ってるんだろう。

泰英が困惑したように口を挟んだ。

「みんな元気なくせに急に病弱ぶったり、いったいなにを言ってるんだ？　那須くんに交わりは必要ないぞ」

「なにをおっしゃいます。衆目の前ではれんち行為を堂々とするお方ですぞ。兎神以上にきっちりと交わりをせねば、式神のご不満も溜《た》まりましょう。延《ひ》いては兎神にもご負担がかかり、災厄が」

「ああ……耳さわりか……」

泰英がひたいを押さえた。

「そうか……変態プレイだとは知ってたけど……みんなの前ですると、こんなことになるのか……」

「兎神はご覧になっていなかったのでしたな。かわいそうに、秋芳は骨抜きにされ、もう使いものになりますまい……」

「それほどショックなことなのかい……？」

ウサ耳をさわると変態扱いされるとは泰英から聞いていたが、どうもこの話の流れからすると、思っていた以上におおごとなのかもしれない。俺は変態のレッテルをしっかりと貼られたらしい。そして秋芳を傷ものにしちまったようだ。耳をさわっただけなのに骨抜きだとか使いものにならないだとか、すごい言いようだぞ。もし秋芳が女の子だったら、責任とって嫁にもらえとか言われそうだ。

しかしいまいちわからない点がひとつ。

例のもてなしってなんだ。

「稲葉さん。もてなしとか交わりってなんです」

尋ねると、泰英が言いにくそうに答えた。

「古めかしくてわからないよな……ええと、つまり、エッチのことだよ」

「エッチ？　え、でも、いま、陛下と兎神は毎日って……」

そのために家を建てたとも耳にしたような……。

首をひねりつつ泰英と隆俊の顔を交互に見た。すると泰英が「あ」とちいさく呟いて固まり、すぐさまボンッと音がしそうなほど爆発的に赤くなる。

俺の話のみをしているつもりだったんだろう。俺の指摘で墓穴を掘ったことに気づいたようで、恥ずかしそうに目をそらした。でも否定はしない。ちなみに王は平然としている。

ということは——そうか……このふたり、毎日してるのか……。そうか……。

と、感心している場合じゃない。交わりがセックスの意味だとしたら、俺もセックスをと言われているのだ。これまでの彼らの会話がそういう話だとすると——あれ？　俺、変態ってだけでなく、とんでもない淫乱の性欲魔人だと思われてるってことか？　なんでだ。もしかして、これもウサ耳をさわったせいか？

いや、俺、性欲はそれなりにあるけど、人並みだぞ。女の子とつきあったこともないから性体験は皆無だが、欲求不満で変態行為に走ったことなんかないし。

でもここではウサ耳にさわったってことは、欲求不満で変態行為に走ったって解釈になるわけか。とんでもねえ。俺は品行方正潔白清廉な、どこにだしても恥ずかしくない立派な童貞だぞ。

「あの、交わりなんて、する気ないですけど」

男たちにはっきりと告げた。

すると佐衛門が言う。

「兎神も初めはおなじようにおっしゃいました。しかし会う者すべてをことごとく誘惑したのです。陛下と毎夜交わっているいまでも、我らを誘惑するのですからな」

「誘惑なんてしてないですっ！」

泰英が反論するが、佐衛門は聞こえていないように俺に話を続ける。

「式神。あなた様は兎神とはまた異なる魅力を持つお方。そしてそのふしぎな魔力、いや、妖力を持って、我らの道を踏み外させようとしている。ある意味兎神より危険な存在であることは間違いございませぬ。お相手を決めぬと、いたいけな若者が犠牲になることは目に見えております。陛下以外でお望みの者はおりますかな」

「……意味がわからないんですけど」

本気でわからなかった。

魅力だとか魔力だとか、危険な存在だとか……セックスする相手を決めないと犠牲者が出るとか……俺の理解力が悪いんだろうか。なにもかも、一から説明してほしい。

「誰も望んでませんから、それで話は終わりでいいんじゃないですか」

「そういうわけにはいかんのです」

「どうして……」

「そのえろーすの力を抑えていただかねば我らも困りますのでな」

えろーすの力ってなんだ。スター・ウォーズのフォースみたいだな。

泰英に助けを求めようとしたとき、となりですっと腕があがった。

「相手は俺がする」

秋芳が、赤い顔をして一同を見まわした。

「俺が適任だろう」

男たちが勇者を前にした群衆のようにどよめく。

「たしかに……だが、いいのか秋芳殿」

「ああ……人前であんなことをされたからには……責任とってもらわねえと……」

俺は驚いて山賊っぽい男の横顔を凝視した。

「ま、待て。俺と抱きあうって言ってるのか?」

「そうだ」

「男同士じゃないか。そういう趣味はないぞ」

「え？　男？」

秋芳が俺を見た。困惑したように俺の胸元へ視線をおろし、ふたたび顔へ視線を戻す。

「だが、さっき……胸を見たが……」

眉をひそめる俺の横で、泰英が反応した。

「胸？　那須くんの？」

「ええ。あ、や、見るつもりはなかったんですよ。この人がいきなり脱いだから……」

「ああ、うん。そういえば秋芳くんにもみんなにもちゃんと言ったことなかったか……。あのな、俺も那須くんも男なんだ。男だけど、乳首があるんだ」

みんなにむけられた泰英の視線が次に俺へむけられる。

「で、那須くん。ここの人たちは、男には乳首がないんだ。女性にはあるけど」

俺も秋芳も、ぽかんとした。王以外の男たちも知らなかったようで、一様にびっくりしている。

風呂場で秋芳が慌てていたのは、俺の乳首を見て女だと思ったせいらしい。

しかし、乳首がないって……いや、まあ、ウサ耳が生えてるぐらいだから、乳首のひとつやふたつ、なくたっていい……のか？

「さすがは神。性別をも超越しているのですな……」

驚きが収まると、男たちはなぜか感心しつつ納得していた。いや、乳首があるだけで性別を超越してはいないんだけどと、ここはつっ込んでもいいもんだろうか。余計なことを言ったら話がややこしくなりそうな人たちだよなと黙って様子を窺っていると、秋芳がぽりぽりと頬をかきながら俺へ目をむけた。

「式神が男でも俺はかまわないが」

誤解が解けたのだから引いてくれるかと思いきや、こいつは衝撃の事実をあっさり乗り越え、押してくる。

「いや待て、こっちがかまうんだ。俺は男と抱きあう趣味はないんだ」

どうして男同士で抱きあわなきゃいけないんだ。女の子でもないのに、冗談じゃねえ。

きっぱり拒むと、佐衛門が首をかしげた。

「式神はおなごが相手のほうがよろしいということですかな」

「いや、女性でも男性でも相手なんて必要ないです」

「年頃のおなごをここへ」

俺ははっきりしっかり断っているのに、話は勝手に進んでいく。

なぜだ。

敵と戦えというならまだしも、なんだよこのミッション。

「あの、稲葉さん。これはいったいどうすれば……」

「人生、諦めが必要なときもあるってことだよ……」

泰英が遠い目をする。

「いや、だけど、そもそもどうしてしなきゃいけないんです」

「それ、じつは俺も知りたいんだ……」

「あの、俺がお釈迦様だって言ってくれたときみたいに、なにかいい説得方法はないんですか」

「あれはたまたま運がよかったんだ。いい方法があれば、俺だって苦労しない……」

このパターンに入るともうだめなんだと、苦渋の滲《にじ》む弱々しい声で語られる。

ふたりでぼそぼそ話していると、広間に数人の男たちがやって来た。

「さて、式神。おなごを呼びましたが」

「え？」

どこに？　という言葉が口から出かかった。新たにやってきたのは評議衆たちと変わらない大男ばかりだ。違うところと言ったら、赤ん坊を抱いていたり、ちょっとお腹《なか》が膨れているところだろうか。

「ウサ耳族の女性はね、外見は男性とおなじに見えるんだ」

俺の困惑を読んだように、泰英が遠い目をしたまま解説してくれた。

「帯も男帯だし。しいて違いをあげるとすれば、赤系の着物を着ているってことぐらいかな」

「え……女性……?」

俺よりよっぽどいかつくたくましい姿に唖然《あぜん》とする。

彼ら、いや、彼女らを連れてきた男が佐衛門に報告する。

「いま現在、年頃のおなごで式神の相手ができそうなのはこれだけのようです……いずれも身ごもっているか、乳飲み子を抱えている者ばかりですが」

腹が膨れているように見えるのは見間違いでも太っているわけでもなく、妊娠しているらしい。

おいおい……。冗談じゃねえぞ。いくら女の子でも、妊婦さんや子連れでは恐れ多いというか申しわけなくて、その気になれるわけがないだろ。旦那だって黙っていないんじゃないのか。

いや。落ち着け俺。いつのまにか彼らのペースに嵌《は》まっているぞ。妊娠していようがいまいが、その気になる必要はないんだ。

「式神。いかがいたしますかな」

話についていけない俺に、佐衛門が返事を迫ってくる。

ここへ来る道中に泰英がちらりと言っていたが、たしかに日本の常識が通じない場所なのかもしれない。先にこの地へ来た彼の苦労がかいま見える気がした。

「ですから……あ」

重ねて断りを入れようとしたとき、ふと名案を思いついた。

「……どうしてもしなきゃいけないって言うなら、俺、稲葉さんがいいんですけど」

たぶん泰英なら口裏をあわせてくれて、本当にしなくてもすむんじゃないか。そんなつもりで指名した。

するとき泰英がびっくりした顔をむけた。

「えっ？」

「どうでしょう稲葉さん。俺はあなたがいい」

わかっていない泰英にこちらの意図を伝えるために顔を近づけようとしたら、彼の身体が急に離れた。

王が引き寄せたんだ。見れば、それまでポーカーフェイスを保っていた王の表情が一変していた。ひたいに浮き出た血管がいまにもぷつりといきそうなほど目をつりあげ、まるで金剛力士か般若《はんにゃ》かといった形相だ。

「……冗談は、やめていただきたい」

射殺すようなまなざしで睨《にら》まれ、俺はひっと叫びそうになった。

まずいことを言っちまったようだと気づいたが、ときすでに遅し。

「式神の相手は秋芳に任せる。これは国王命令である」

王は泰英を抱きかかえて立ちあがると、一同に言い渡した。

「私は兎神とふたりで話したいことがある。しばらくは政務に戻るつもりはない」

「え、た、隆俊くん？」

「兎神の部屋へ行きましょう」

王はもう俺のほうは見ておらず、出口へ身体をむけている。

こ……怖かった……。

斬られるかと思った。睨まれたときは、それぐらい迫力があった。だが、俺へのお咎めはないようだ。

ほっとして気を緩めかけたが、退席する気配に、俺は慌てて声をかけた。

「あの、待ってください。どこに行くんですか」

王の不興を買っちまったが、これきり泰英に会えなくなっては困るんだ。俺のことを一番わかってくれる理解者なのだ。まだまだわからないことがたくさんあるのに、ウサ耳族の中に置き去りにされるのはたまらない。

「ええと、俺の部屋かな」

王の腕の中にいる泰英がおろおろしながら答える。

「それはどこです。まだ訊《き》きたいことがあるんですけど、また会えますか。いつ行けばいいですか」

俺を置いていかないでくれという必死な思いから、矢継ぎ早に質問をくりだした。泰英もそれに早口で答える。

「もちろん俺も会いたいから、心配しないでだいじょうぶ。ええと、隆俊くんと話を終えたらきみのところへ行くよ」

王は俺たちの会話にかまわず広間から出ていってしまった。

取り残されて、不安が一気に膨れあがる。

これからどうしたらいいんだ。

慌しい展開に呆然《ぼうぜん》としていると、となりで秋芳がぼそっと呟いた。

「あんた……兎神にずいぶん懐いてるんだな」

ふり返ると、秋芳が俺を見つめていた。こちらもなぜかおもしろくなさそうな様子だった。

俺は慎重に男の顔を見つめた。

王が、俺の相手は秋芳に任せると言っていた。国王命令と言ってたけど……国王命令は拒否できないのだろうか。これからこの男と寝なきゃいけないのだろうか。

このウサ耳の生えた大男と。

本当に？

二

部屋に案内するというので、秋芳に連れられて藤の間とやらにむかった。評議所とおなじ建物内だがけっこう離れている。評議衆や一部の役人もここに住んでいるそうなのだが、中庭を挟んだ奥に住居部分があるとのことで、俺にあてがわれた部屋も奥にあった。全体の建物の北側になるだろうか、渡り廊下で繋がっている離れ部屋で、藤棚のある落ち着いた庭が縁側から望める。ただし時季ではないので藤は葉も花もなく、代わりにほかの樹木がにぎわっていた。

部屋は畳敷きで、二間ある。間仕切りのふすまには雅《みやび》やかな藤の絵が描かれており、奥の部屋には押入れがある。秋芳がそこから布団を一式だして、黙々と床に敷いた。

「おい……」

まだ朝なのに、なぜ布団をだす？

異世界からはるばる来て疲れただろうからゆっくり休んでくれ、というねぎらいだろうかといいように考えてみるが、これまでの話の流れからすると、どうも無理がある。

でも、いくらなんでもいきなり抱きあうとかないよな……？　たとえ相思相愛だったとしても、ふつうはちょっと話をしてからとか食事をしてからとか、夜になってからとか間を置くもので……初対面で、自己紹介もしていないのに会って早々なんてことは常識的に考えたら、ああ、でもここは俺の知っている常識が通用しない異世界で……。

まさか、と一歩引いたとき、作業を終えた秋芳がふりむいた。山賊のようなまなざしが、興奮を滲ませて俺を見る。そしてたじろいでいる俺の元へすばやく戻ってきて、女の子のように抱えあげた。

「うわ」

驚いて抵抗するまもなく布団の上に降ろされ、大きな身体にのしかかられて、俺は慌ててその胸を押した。

「なにすんだっ」

「交わりだ」

「ふざけんなっ。なんで俺がおまえと……っ」

「聞いていただろう。国王命令で、俺があんたの相手に選ばれたんだ」

渾身《こんしん》の力で男の胸を押し返そうとしているのに、押し返すどころか逆に距離が縮まってくる。

「国王命令だかなんだか知らないが、俺は、おまえを抱きたいと思わないし抱かれる気もないっ」

「安心しろ。ここには俺たちのほかに誰もいない。兎神も、初めはみんなの前では交わりを拒んだと聞いている。でもすぐに王と交わったんだ。あんたも初めは形式上、人前では遠慮して拒むふりをしなきゃいけないんだろう？」

「はあ？」

「ひと通りの儀式は終わった。もう建前はいらないんだ。あとは俺に任せてくれ」

ぐぐ、と顔が近づく。冗談じゃねえ。俺は片手を離して、男の横っ面をグーで殴りかかった。

「うお……っ」

すんでのところでかわされたが、お陰で互いの身体に隙間ができた。間髪入れず、股間《こかん》を膝で打つ。

「ぐほっ」

秋芳が股間を押さえて身体を丸める。その隙に俺は巨体の下から這《は》い出た。

「寝ぼけたことを言うんじゃねえよ。俺はれっきとした男だ。男と抱きあう趣味は本気でないんだ」

こぶしを握って身構えると、さすがに俺の本気が伝わったらしい。前かがみの秋芳に、恨みがましそうに見あげられた。

「本気だって？」

「ああ」

「あんた、俺にあんなことしておきながら、交わる気がないってどういうこったよ」

「あんなことって……あ、耳をさわったことか？」

忘れていたわけではないが、異世界だのセックスしろだの乳首がないだのと、大量の情報が次から次に入ってきて処理が追いつかなくなっていて、この男のウサ耳にさわった件は頭の隅に追いやられていた。

そうだ。謝らないと。

「あれはすまない。悪気はなかったんだ。さわるのが変態行為だなんて、知らなかったんだ」

秋芳が目をパチクリさせる。股間の痛みは和らいだようで、姿勢を起こす。

「知らなかった？」

「ああ。このとおり、謝る」

俺は正座をして頭を下げた。

「あんた……知らなかったって……知らなかったとしても、知識じゃなく感覚の問題だろう？　耳にさわったらいやらしいとか、卑猥《ひわい》だとか、ふつうは思うじゃないか」

ふつう……ふつうは思うものなのか。この国では。

ふつうって言葉は簡単に口にするけど、難しいもんだな……。

「俺に性欲を感じたから、俺の耳にさわったんだろう？」

「いや、違うんだ」

秋芳が眉をひそめた。

「じゃあ性欲を感じない相手に、あんなことをするのかあんたは。相手は誰でもいいのか」

「その耳を初めて見たんだ。初めて目にするものには興味を持つだろう？　なんだこれって思って。寝ぼけてもいた。ほら、子供の頃、綺麗《きれい》な蝶《ちょう》を見つけて、さわりたくなったことかないか？」

共通認識できそうな事例をだして必死に言いわけしていると、やがて秋芳の顔つきが心当たりがあるようなものになった。

「……そういえば思いだした。兎神も、来たばかりのときにいまいちわかってなさそうなことを言ってたような……」

「そう。日本では見ないから。もう、さわったりしない」

「そうか……また耳をさわらせる覚悟をしていたが、じゃあ、さわらなくていいんだな」

「ああ。俺は変態じゃない」

納得してもらえそうでよかった。

ほっとして笑顔を見せると、秋芳が惚けたように俺の顔を凝視した。呼吸もとまってるみたいに微動だにせず、見つめてくる。そして、なぜかのどを鳴らした。

「ならば……ふつうの交わりで、いいんだな」

秋芳の手が俺の肩へすっと伸びてきた。

「なに……」

「耳の件はわかった。ひとまず、交わろう」

肩を抱き寄せられそうになり、俺はぎょっとして身を引いた。

「なんでだっ。俺は男だし、男は趣味じゃないって言ってるだろう」

「ああ。それもわかった。だが、女性も好みの者はいなかったんだろう？　とりあえず、俺としておけ。国王命令も出たから、俺以外に相手はいない。兎神も論外だ」

「いや、だから、する必要性がわからない」

身を引いたが、そのぶん秋芳がにじり寄ってくる。

「いいから俺にしておけ。いちど気を放って、その色気をすこし抑えてくれ。そんなに色気をふりまかれちゃ、こっちも困るんだ」

「なに言ってる。色気って……」

「なにって、そのむんむんするような色気だ」

「色気？　魔力だとか妖力だとかえろーすだとか、なんなんだよ」

評議所でも意味不明なことを言われていた。

怪訝に思って山賊顔を見返すと、彼の大きめの目が見開かれた。瞳《ひとみ》の色はふつうの日本人とおなじ茶色かと思っていたが、よく見ると虹彩《こうさい》の縁が赤みがかっている。

「まさか、あんたも兎神とおなじで自覚なしなのか？」

「だから、なにが」

「とんでもねえな、神ってやつは……」

秋芳は毒気を抜かれたようにしみじみ呟くと、俺に伸ばしていた手を戻してあぐらをかいた。

「だからさ、あんたはものすごく魅力的なんだよ。その長い髪も、切れあがった目も、妖艶っつーか。つい、ふらふらっと底なし沼に自ら足を突っ込みたくなるような。兎神もそうだけどさ」

「魅力的？　妖艶……？　稲葉さんも？」

俺は顔も身体も男っぽいほうだ。目つきが鋭いとか怖いと言われることはあっても、色気があるだなんて言われたことはいちどもない。総じて平凡で、男に魅力的などと評されるような容姿では断じてない。

泰英はおとなしそうな顔立ちで、どちらかといえば地味顔だ。優しそうというかふんわりした雰囲気がある。

俺も泰英も、日本では特別脚光を浴びる容姿ではない。それにタイプの違うふたりをひとまとめに魅力的という感覚がよくわからない。おおざっぱに言えば、ふたりともあっさり顔とか平凡顔という括《くく》りには入るだろうけれど。

「稲葉さんと俺じゃ、全然違うだろ」

「ああそうだ。違うな。兎神は兎神らしく色白なところが魅力だが、あんたはその髪がいい。違う魅力だけど、でもやっぱり神ってことで共通してるものがあるっつーか。なんて言ったらいいかね……鬼と悪魔みたいな？　や、神にむかって鬼と悪魔は喩《たと》えがよくないか。ともかくふたりとも俺らとは次元が違うってことだ」

ふたりとも異なるベクトルでそそられるのだと言う。

俺も泰英も魅力的で、性別もかまわないって。ストライクゾーンの広い男だな。

「……もしかして、誰でもいいのか？」

「違うっ！」

秋芳がくわっと口を開けて否定した。そんな顔をすると本当に山賊みたいだ。

「そりゃ、兎神に魅力を感じたのは事実だが……だが、それはあんたに出会う前の話だし、俺は断然あんたのいやらしい身体つきとか、色気垂れ流しの目つきとか」

「……いやらしい身体……？」

俺が眉をひそめると、咎められたと思ったのか、秋芳が焦ったように言いわけする。

「あ、いや、そういう表面的なことだけじゃなくて、雰囲気がどんぴしゃ俺好みで」

「責めてるわけじゃなくてさ、俺の体型は日本じゃふつうだぞ。ここの人たちみたいにごつくもたくましくもないし、稲葉さんよりは鍛えて締まってるつもりだし。このどこが？　って思って」

「どこもかしこもだ」

真剣なまなざしで微妙な褒め方をされてもなあ。いったいどこをどう見たらそんなことが言えるんだよ。

好みは人それぞれとは言うけれど、秋芳の萌《も》えツボがわからん。冗談を言われているようには見えないが、どこまで本気なのか。

とにかく本気でも冗談でも、互いに男だ。色気があるから抱かせろと言われて承諾はできない。

「ええと……そう、じつは俺、彼女がいるんだよ」

秋芳があまりにも引きそうにないから、とっさの思いつきでうそをついた。

「大事な彼女がいるんだ。つきあってる相手がいるのに、できるわけがないだろう」

「彼女……って？」

怪訝そうに尋ねられた。俺に彼女なんかいるわけないだろうと疑われてるんだろうか。くっ。たしかにでたらめだし、いないんだけどさ、うそだとばれるわけにはいかないので力強く頷いてみせる。

「好きな子が日本にいるんだよ。だから、そいつ以外とするのは無理だ」

すると秋芳が驚いたような顔をし、穴が開きそうなほど俺を見つめてきた。なんだよ。俺に相手がいるってことが、そんなに意外なのか？

「なんだよ」

「あ、いや」

秋芳が目をそらす。

「あんたに好きな相手がいるって、考えてなかったから……なんというか……」

言葉を選ぶような間が開いたあと、俺の表情を窺うように、男の視線が戻る。

「……その相手以外とは交わりたくないと思うほど、好きなのか……？」

「そうだ」

「彼女ってのはつまり、そういう相手のことを言うんだな」

あたりまえじゃないかと思いながら即刻頷いたあとで、わざわざそんな確認をしてくるってことは、ここでは恋人のことを彼氏彼女という言い方はしないのかもと気づいた。

モテそうにないやつだと思われたわけじゃなかったんだな。

「陛下と兎神みたいな間柄ってことか……そうか……そりゃあ、ほかのやつが割り込む余地はないよな……」

独り言のようにぶつぶつと呟かれる声は、それまでよりも弱々しくなっている。恋人効果はてきめんだったようだ。よし、あと一押しだ。

「ともかくそんなわけだから、悪いけど俺は名前も教わっていないない初対面の相手とは抱きあえない」

まだちゃんとあいさつもしてないんだ。指摘すると、秋芳が目を見開いた。

「あ。俺、自己紹介してなかったか……？」

「ああ」

秋芳は己の失態に驚いたように、しばし呆然としていた。

「……気に入った子にはまず自己紹介するのが俺の鉄則なのに、なんで……」

それはきっと俺が出会い頭にウサ耳を握ったせいだろうとは思ったが、黙っておく。

気にいった子とか言ってるが、ウサ耳をさわるという変態行為をした男を気にいるだなんて、この男、マゾか、とも思ったが、それも黙っておく。

「あんたが相手だと、調子が狂うな」

秋芳はそう言って頬をかき、目をそらす。

「式神、俺は本当はこんな男じゃないんだ」

「どんな男でも交わらないぞ」

「そうか……」

秋芳の語気が弱まっていて、説得を諦めつつあるのを感じた。

強引に押し倒される心配もなさそうで、胡坐《あぐら》をかいて秋芳を見つめていると、自然とウサ耳に目がいっちまう。

男たちのウサ耳の毛色はまちまちだが、秋芳のはすこし赤みがかったようなベージュだ。無意識なんだろうか、ぴろぴろと動いている。山賊みたいなごつい男のウサ耳ってちょっとかわいいかもしれん。

髪に隠れていて気づかなかったが、頭の横にはふつうの耳もついているようだ。気づいたら、男の視線が俺のほうに戻っていた。

「意思が堅そうだな」

「そりゃな」

「しかたないな。まあ、あんたは兎神じゃないし、なんとかなるかな……評議衆たちにはちゃんともてなしたと適当に言っとくか」

「そうしてくれ」

よかった。ほかの男たちよりは話のわかる男のようだ。融通のきく男は好きだぞ。

「もてなしたことにするとなると、すぐには退室できない。すこし、話をしていってもいいか」

「もちろん。それは大歓迎だ」

秋芳が嬉しそうににかっと笑った。そうやって笑うと、山賊のような強面《こわもて》が意外なほど愛《あい》嬌《きょう》のある顔になった。ハチミツを舐《な》める熊《くま》のぬいぐるみを彷彿《ほうふつ》とさせる。ウサ耳だけど。

「まずは自己紹介だな。俺は赤井秋芳。国王の弟で先月から評議衆の一員だ。歳は二十一。あんたのもてなし役になったんで、なんでも言ってくれ。これからよろしく」

王の弟ということだが、兄の王は正統派イケメンなのに弟は山賊みたいって、おもしろい兄弟だ。魅力的だとか妙なことを言われはしたが、俺は山賊の秋芳のほうが気があいそうだ。

「俺は那須勇輝。勇ましく輝くと書く。できれば式神じゃなく、勇輝と呼んでほしい。式神と呼ばれても、ぴんとこねーし」

秋芳の眉があがる。

「名前、呼んでいいのか？」

「なんで」

「いや、神だからなんとなく……そうか。勇輝、だな。俺のことも秋芳って呼んでくれ」

秋芳のウサ耳がピコピコと揺れた。なんだか嬉しそうだ。

着物を着ているから尻尾は見えないが、やっぱり感情にあわせて揺れるんだろうか。

着物から尻尾をだしてくれてたらかわいいのに。

「その耳があるってことは、おそろいの尻尾もあるのか？」

ちょっと見せてほしいな、という期待を込めて尋ねると、秋芳の表情が曇った。

「尻尾……？　どうして……」

「見せちゃまずいものか？　だめならべつにいいんだ」

秋芳の困惑が伝わり、にわかに焦る。ウサ耳をさわると変態と呼ばれるように、尻尾にもなにかあるんだろうか。

「いや、だめじゃねえけど……。俺に尻尾があるの、どうしてわかったんだ」

「え？　だって耳と尻尾はセットだろう」

「ふつうはない。尻尾があるのは俺だけだ」

耳があれば当然尻尾もあるだろうと決めつけていたが、ないという。固定観念が定着していた俺にとってはかなり意外だった。

「どうして……」

思わずこぼれた呟きは、どうしてみんな尻尾がないんだとか、耳だけあって尻尾はないなんてアンバランスじゃないかという気持ちから出た言葉だったのだが、秋芳は、自分に尻尾があることへの疑問ととらえたらしい。苦しそうに唇を噛《か》みしめた。

「なぜかわからないが、俺だけ、生まれたときからあった。……なんども切り落としちまおうと思ったんだけど……」

「なんでそんなもったいないことするんだ。尻尾、あったほうがいいだろ。バランス的に、ないほうが変じゃないか」

辛そうに言われるのがふしぎで、俺は即座に主張した。脳内に浮かんだイメージは色っぽいバニーガールだ。あのスタイルから尻尾が消えたら、ネズミの国のカチューシャぐらい健全で色気が皆無になっちまうじゃないか。

「うん。なきゃだめだ」

脳内の想像を確認し、大まじめに断言すると、秋芳が驚いたように俺の顔をまじまじと見つめた。

「それ、本気で言ってるのか」

「なんで驚いてるのかわかんねーんだけど」

「だって……。気持ち悪くないのか。ふつうじゃないんだぞ」

「毛は生えてる？」

「ああ。耳とおなじ色だ」

「じゃあ、きっとかわいいと思うんだが。できれば見せてほしいと頼もうと思ってた」

「見たいのか……？」

「ぜひ」

秋芳が信じ難いように俺を見つめ、それから畳へ視線をさまよわせる。逡巡《しゅんじゅん》するような間のあと、ゆっくりと体の向きを変えた。

「普段は絶対に誰にも見せないんだ。女と交わるときだって気味悪がられるから見せないようにするんだが……式神のあんたに頼まれたらな」

ためらうように背を見せ、帯をほどく。着物を脱ぐと、うらやましくなるほどのたくましい身体が現れた。

がっしりとした骨格に乗った筋肉が、褐色の肌に陰影をつけて彫刻のように美しく、見惚《みと》れていると、下着がおろされた。肩から背中にかけての隆起した筋肉と対比するように引き締まった腰まわりは見事としか言いようがない。そして尾てい骨部分に、ウサギの尻尾がついていた。

耳とおなじ色をした小ぶりのそれは、緊張したようにぴこんとあがっている。

大きさも質感も、頭のウサ耳とのバランスがちょうどいい。やはりあるのが自然に思える。

「いいよ。絶対、あったほうがいいって」

「……そう、か……？」

秋芳が首をひねって俺を見る。とまどった顔をしている彼に、俺は自信たっぷりに頷いた。

「それって動かせるのか」

「ああ」

ちいさな尻尾が、ちいさく左右にふられた。

「おおっ」

思わず歓声をあげてしまった。

いい身体をした大男のウサギの尻尾。このミスマッチ具合がちょっと、いや、かなりかわいいかも。

「そんなに大きく動かすことはできないけど、興奮したときとか、勝手に動いちまうかな」

「へえ」

お世辞でもなんでもなく、俺が本気で尻尾に興奮しているのが伝わったようで、秋芳は面《おも》映《はゆ》そうな顔をして頬をかいていた。

「さわっても、いいか？」

「俺はかまわねえけど……」

「耳と違って、さわると変態とか、そういうのはないんだな」

「そんなの……尻尾は俺しかないし、普段は隠してるのに……」

俺はそっと近寄って、そのちいさな尻尾に手を伸ばした。

「じゃ、失礼して……」

ふれると、ふんわりした感触が気持ちよく、頬擦りしたいほどだった。

「うおー……」

感激していると、秋芳がドギマギしたような声をだす。

「な、なんだよ」

「かわいいな」

いかにも男臭い男にむかってかわいいは失礼か。

いやそれよりも、俺はかなり失礼で無神経だったかもしれないといまさら気づいた。

秋芳は気味悪がられると言った。ふつうじゃないと言った。

もし自分の身体にあるべきでないものがあったとしたら——たとえば指の数が多いとか——と、自分に置き換えて想像してみる。

……うん。やっぱり、とんでもなく無神経だ、俺。

それを気にしている相手にむかって感想を言うのは、褒め言葉でも傷つけることがある。人の気も知らないで、と。

俺はよくも悪くも平凡だから、そういう悩みを持ったことはない。だが異端の外見に対する複雑な感情は、共有できずとも想像することぐらいはできた。

秋芳の気持ちをあまり深く考えず、かわいいのなんのと軽く口にしてしまったが、不快に思わせていなかっただろうか。

ばかだ俺。これが日本だったらこれほどうかつなことはしないのに、ここに来てからウサ耳だとか常識はずれなことばかりで、いつも以上に浅慮になっていた。違う人種でも、違う環境でも、感情はおなじようにあるのに。

俺は恐る恐る顔をあげた。秋芳がぽつりと呟く。

「この尻尾を、かわいい、か……」

「ご、ごめん。気にさわったら——」

焦って謝ろうとしたが、彼の顔を見た俺は、そこで言葉を失った。

「そんなこと言ってくれたの、あんたが初めてだ」

山賊のような顔が、いまにも泣きだしそうなのに、満面の笑みを浮かべていた。障子越しの淡い光がその横顔を優しく照らし、俺の目を奪う。

くしゃくしゃな笑顔を俺に見せた秋芳は、照れたように顔を戻した。

「もういいか……？」

「あ、ああ。見せてくれてありがとう」

「いや。こっちこそ……」

俺の手が尻尾から離れると、秋芳は身を屈《かが》めて身支度をした。

俺はその様子から目をそらした。

やばい。

ちょっと……なんというか……。

あのつかのまの笑顔は、胸にきた。

強そうな男の泣き顔とか、弱い部分を見せられたときとか、ぐっとくるじゃないか。あんな感じだ。会ったばかりの男に、いきなり心を持っていかれた気がした。

「そうだ。腹減ってないか？　朝飯食ってから来たのか？」

「いや。昨日の夜食べて、それきり」

「じゃあ、なにか用意させよう。あと、必要なものはないか。着物はとりあえずそれを用意させたが、寒いようなら羽織もある」

身支度を終えた秋芳はさっぱりとした笑顔を見せて、あれこれと気遣ってくれる。

山賊みたいな外見で口調も粗野で、ぶっきらぼうな感じなのに、中身はずいぶんと親切で繊細な男のようだった。

こいつ、いいやつだな、と直感で感じる。俺の言葉を素直に受けとめてくれたことからもわかる。わかりやすい男だ。そういう男は、きらいじゃない。

異世界に迷い込んでしまったが、今後も仲良くできそうな男と出会えて頼もしく感じながら、俺はその後もしばらく秋芳と会話を楽しんだ。

三

秋芳が帰ったあとは俺の世話係になったという年配の人がやってきて、食事を持ってきてくれたり、あれやこれやと面倒をみてくれた。世話係は交代制で複数いて、となりの詰め所にいるから呼べばすぐに来てくれるとのことだった。

俺は本当は式神でもなんでもないただの学生なのに、目上の人に敬語を使われて敬われるのは、申しわけなくて恐縮しちまうよ。

泰英は王との話を終えたら会いに来ると言っていたのだがその日はやってこなかった。なんでも寝込んでしまったとかいうことだが、詳しいことは知らされなかった。

心配しつつひと晩過ごした翌日、泰英が俺の部屋へ来てくれた。

「ごめんな。ほんとは昨日のうちに会いに来たかったんだけど、その……隆俊くんとの話、というか、なんというかが、長引いて……」

座布団に正座すると泰英が申しわけなさそうな顔をした。顔色は悪くない。

「寝込んでいたと聞きましたけど、具合が悪かったんですか」

「具合というかちょっと動けなくなったというか、いや、その、うん。もうだいじょうぶ」

泰英は目を泳がせて早口に言い、早々に話題を変えた。

「ええとさ、昨日話し足りなかったことを話そうと思ってきたんだ。あれから誰かから、話を聞いたかな」

「秋芳から、みんな耳はあるけど尻尾はないってことを聞きました。それから世話係の弥太《やた》郎《ろう》さんから、食事の時間や風呂や衣類のこととか、生活面での説明を聞いて、昨日は終わっちゃいましたね」

「十聖人のことは？」

「いえ。なんですか」

「じゃあ、そのことから話そうかな」

そう言って語りだした泰英の話は、俺の想像を超えていた。

なんでもウサ耳族の先祖は日本人なのだそうだ。

戦時中、日本軍は人体の遺伝子操作をしてほかの動物と掛けあわせ、生物兵器を作る実験を秘密裏にしていたらしい。終戦後、その被験者が大久野島で殺される際、土砂崩れがおき、気づいたらこの地にいたんだそうだ。その十人を、ここでは十聖人と呼ぶんだとか。ウサ耳族がウサ耳だったり大柄だったりというのは、ほかの動物との掛けあわせの影響だろうということだった。

「んなアホな」

　俺は思わず呟いた。

「うん。信じられないけど、聖人正男《まさお》の手記にそう記してあってね。そういうことだと思えば、俺は納得できちゃったけどな」

「ウサ耳が生えてることもですか？」

「それとか、日本語が通じたり、日本の文化が広まっていることもだね。地名も言い伝えも日本っぽいから。でも俺たちの知ってることとはちょっとずれて伝わってるんで、そこは注意しないといけないんだけど」

　おなじ日本文化だと思って、共通理解できているつもりで話を進めていくと痛い目にあうという。

「髭剃《ひげそ》りもね、ここの人たちに見せちゃいけないよ」

「髭剃り？　どうしてです」

「エロいんだって」

「はあ」

　ピンとこなくて首をかしげると、泰英が深く頷いた。

「意味わかんないよな」

「まったく」

「でも、ここはそういうところなんだ」

俺はうーんと唸《うな》った。

「髭剃りはエロくて、耳をさわると変態……」

「耳は二度とさわらないほうがいいと思う」

「俺はすっかり変態扱いされちゃってますけど、耳さわりって、日本でいうとどの程度の変態レベルなんですかね」

「どうだろう。いきなり人の股間をさわるとか？　と思ってたんだが、昨日のみんなの反応を見ると、それよりもすごそうだよなあ。ＳＭプレイ的な感じかな」

「人前で亀甲《きっこう》縛りして強姦プレイとか？」

俺の言葉に泰英は顔を赤らめた。

「ど、どうかな……まあ、こういう感覚の問題って比較が難しいけど、ともかくあれだけみんなを驚かせる行為だってことだから、気をつけないと」

俺はもうひとつ気になっていたことを尋ねた。

「毎日の交わりのことなんですけど。話によると、兎神がそうだから、兎神の式神である俺もそれに準じてってことみたいでしたけど。毎日しなきゃいけない理由ってなんですか」

泰英の顔がさらに赤くなった。

「ここでは、兎神は性欲を司る神ってことになってるらしい。日本の伝承ではウサギはたしか農業に関わる動物だったはずなんだけどね……」

　この地に災厄が訪れるとき、守り神である兎神が降りたって守ってくれるという言い伝えがあるという。王は、守ってもらう代わりに兎神を喜ばせなくてはならず、その手段としてセックスをするのだとかなんとか。

「俺は、そんなの冗談じゃないって抵抗したんだ。エッチする必要なんてないって。でも誰も話を聞いてくれなくて……」

　泰英がしどろもどろに説明しているとき、世話係が王の来訪を告げ、まもなく本人が姿を現した。

「隆俊くん。なに？」

「同席してよろしいですか」

「かまわないけど」

　泰英が俺に視線をむける。俺としては王の同席は緊張するのだが、嫌とは言えず、頷いて了承した。

　王が泰英のとなりに腰をおろす。

「なんの話をされていたのです？」

「この国についての説明だよ」

「お顔が赤いようですが？」

「そ、そうかな。ええと、那須くん、ほかに質問はあるかい？」

泰英は王の追及をごまかすように俺に話をむける。

俺も王の耳を気にしてしまい、つっ込んだ話がしにくい。無難な話をふってみた。

「稲葉さんは、ここに来てどれぐらいなんですか」

「三ヶ月だね」

おや、意外と短い。ここの暮らしにずいぶん馴染《なじ》んでるっぽいのになあ、と思ったら、その後に泰英がつけ加えた。

「その前にひと月半」

「その前？」

「うん。一年ちょっと前にひと月半滞在して、それから日本に戻って、一年後にまたここへやってきて、三ヶ月が過ぎたところなんだ」

「え、そ、それってつまり……日本へ戻れるんですかっ？」

俺は平常心をすっかり忘れ、大声をだして身を乗りだした。

まさか、戻れるとは思ってもみなかった。

泰英はここの暮らしを受け入れているように見えるから、ここに来て長いのだろうと勝手に思い込んでいたし、ここで過ごしているということは、帰れないからだろうと思っていた。

だから昨夜は、いっしょに大久野島へ行った友人や、家族のことを思ってなかなか寝つけなかった。

うちの親はかなりの放任主義で、しかも男は冒険してなんぼだと思っている。以前兄貴《あにき》が突然海外に放浪の旅に出たことがあったんだが、そのときも心配するどころか豪快に笑って、それでこそ男だと喜んでいたくらいだから、俺が異世界に来たなんて言ったら、なんかウケそうな気がするんだけど、でも行方《ゆくえ》を告げずに消えたとなると、さすがにあの親も心配するはずだ。

帰れなくても、せめて無事なことを知らせたいもんだと悩んだんだが、戻れるとは拍子抜けだ。でも、ほっとした。

「必ず戻れるわけじゃないよ。でも、可能性はある。もし運がよければ、次は二週間後かな」

戻れる日まで正確にわかっているとは。

「どうすればいいんですか」

「満月の夜に海岸に出るだけ。運がよければ白い子ウサギが現れる。大久野島で見ただろう?」

「子ウサギ……あれがここにも……」

「俺は日本に戻るつもりはなかったんだけど、追いかけたら偶然戻ってしまって。それからもういちどこちらに来たくて一年待ったんだ。むこうからこちらに来るときは新月だった」

一昨日《おととい》の夜は新月だったのか。そんなことは知らなかったが、たしかに一昨日の夜は月を見ていない。

「二週間待てば、帰れるかもしれないんですね」

「あくまでも、もしかしたら、だけどね。来週あたりからどうも嵐が来そうだって話だから、無理かもしれない」

もしかしたらということでもかまわない。俄然《がぜん》希望が湧《わ》いてきた。

泰英の存在のお陰でいまのところパニックにならずにすんでいるが、ここに永住する覚悟などできていないのだ。男なら外の世界に飛びだして挑戦してみたいって気持ちもあるけどさ、異世界はちょっと飛びだしすぎだろ。

「よかった……」

胸を撫《な》でおろすと、泰英が微笑んだ。

「俺としては、那須くんがいてくれたほうが嬉しいけど」

「なんの役にも立たないですよ」

「いてくれるだけで心強いよ。おなじ日本から来た唯一の人だしね。でも日本に帰りたい気持ちもよくわかる」

「稲葉さんは、どうしてここへ戻ろうと思ったんですか」

昨日の俺とおなじように、毎日交わりをしろと言われて強制的に王とすることになったのならば、ひどい話じゃないか。俺だったら戻ってきたいとは思わないけどなあ。

「え、と……そりゃまあ……ここが気に入ったから……」

いったん赤みがなくなっていた泰英の顔がふたたび赤くなった。なにが恥ずかしいのか、もじもじして目を泳がせている。

俺よりもずっと年上だと思うんだが、表情とか仕草とかが初心《うぶ》っぽくて、かわいい人だよな。

「ウサ耳族の感性とか判断基準とか、いまだによくわからなくて困ることが多々あるんだけどね」

泰英が思いだしたように笑う。

「俺、すごく地味な顔だろう？　それなのに絶世の美人扱いなんだよな。おかしいだろ」

「俺も似たようなことを言われました」

「きみはかっこいいから、ここではふつうの扱いをされるかと思ったんだけど」

「べつにかっこよくないですよ」

「いや、じゅうぶんかっこいいじゃないか。いまどきの若い子って感じだ」

「それは髪型マジックにだまされているだけじゃないかと」

泰英のとなりでそれまで静かに会話を聞いていた王が、唇を動かした。はっきりと聞こえなかったが、「かっこいい……」と呟いたように見えた。泰英はとなりだから気づいていないが、俺はむかいあっているのでそれがわかった。

「兎神」

王が会話を遮った。表情が、心なしか険しい気がするのはたぶん気のせいじゃない。

「お話の途中で失礼しますが、やはり顔色が優れぬように思います。部屋へ戻って休みましょう」

「え？　べつに俺は――うわ」

王が立ちあがりながら泰英をひょいと抱えあげた。

「ちょっと隆俊くん、まだ話が――」

泰英が腕の中で文句を言うが、王は聞いちゃいない。

極寒地の猛吹雪《もうふぶき》のような王のまなざしが、俺に突き刺さる。

「失礼」

俺にはそのひと言だけ言って、すたすたと部屋から出ていってしまった。

「なんで……？」

昨日の評議所での退場とおなじように、王のあまりにも唐突な行動に呆然としてしまった。

しばらくその理由を考えて、やがて思い至った。

――もしかして俺、式神として警戒されてるってだけじゃなく、嫉妬《しっと》されてる、のか……？

王が泰英を大事にする様子は、神への崇拝以上の気持ちがひしひしと伝わってくる。

泰英がこの島へ戻ってきた理由やら、それを俺に聞かれて赤くなった理由やら、ふたりが帰ったあとにひとりで考えてみたら、そういうことなんだろうなあと納得できてしまった。

ふたりとも俺より年上だろうに、なんかかわいいよな。


泰英はその日はもう来ないかと思ったら、昼過ぎにまた顔を見せてくれた。

「ご、ごめんな。隆俊くんがさ、きみを式神だと思ってるから、警戒してるみたいで。でもちゃんと言い含めたから、もうだいじょうぶだと思うんだ」

王の態度はそれだけじゃないだろうと会ったばかりの俺にだってわかるのに、泰英はそういうことにしておきたいんだろうか。でも王の前で俺をかっこいいなんて言っちゃうぐらいだから、王の気持ちに気づいていないのか。だとしたら鈍すぎるよな。まさか、気づいていないふりをしてわざと王を煽《あお》ってるのか？　いずれにしろ俺に口出しできることじゃないけどさ。

「それで、このあとなんだが、予定はある？」

「いえ、なにも。どうしたらいいのかって感じで」

泰英が穏やかに微笑む。

「よかったら、畑仕事の手伝いをしてくれないかな」

そういえば昨日、畑仕事をしていると言っていたか。

「畑仕事ってしたことないですけど、俺にできるのならやらせてください」

「さっき話した十聖人の手記とか、この国の資料とか読みたければ、資料庫へ案内するけど？」

「いえ。そういうのはいいです」

勉強は苦手だ。身体を動かしていたほうが性にあうし、気持ちが落ち着くだろう。知りたいことがあれば泰英に訊けばいい。

「じゃあ、行こうか。俺の部屋の中庭に畑があるんだ」

泰英に案内されて、彼の護衛を引き連れて部屋を出る。

「ひまだったんで助かりました。勝手にうろつくと、警戒されそうですし」

「みんなはきみが式神だからってことよりも、ウサ耳をさわられるかもって怖がってそうだね」

「やっぱそうですか。世話係の人も、一定距離以上俺に近づこうとしないんですよね」

「ひまなときはいつでも俺の部屋に来るといいよ。夜は、この敷地の奥にある一軒家に帰るんだけど、昼間はだいたいここにいる」

連れられた泰英の部屋はたぶん建物全体の東に位置する。部屋の大きさや内装は俺の部屋とほとんどいっしょで、縁側の先にある中庭が畑になっていた。

「種をまく準備をしたいから、あの空いているところを耕そう」

縁側から庭へ降りると、泰英に手拭いと鍬《くわ》を渡される。

「いちおう兎神として期待されてるから、食物の品種改良だとか、いろいろ試してるんだ」

「稲葉さん、そういうのが専門だったんですか」

「いや、カメラマン。カメラマンだった」

「カメラマン。なんか、すごい」

「すごくはない」

泰英がしおれた草を土から引き抜く。

「だからこういうのは素人《しろうと》だよ。大学は農学部だったけど、植物防疫——外国から外来種の植物が入ってくるのとか、そういうのが専門だったから実際の農業とは遠かったし、実家は兼業農家だったけど、手伝わなかったし。だから一年日本へ戻ったときに、多少勉強した」

そういう話を聞いていると、自分にも役に立てることはないだろうかと考えてしまう。

この地が日本よりもずっと発展途上国であることは、電気がないと聞いた時点で予想できた。先進国の人間の負い目だろうか、こういうところにくると、なにかしなくちゃいけない気分になるからふしぎだ。いや、単純にタダ飯食いの引け目かもしれないが、自分でもなにか役に立てることはないだろうかと、日本にいたら思わないであろう善意が勝手に働く。

「俺もなにか役に立てることがあればいいんですけど」

「那須くんは理容師学校の学生って言ったよね」

「はい」

「そうか」

泰英が複雑そうな顔で俺を見あげる。

「なんです」

「ここの人たちって、髪があれ以上伸びないんだよ」

「まじですか」

ウサ耳族は男女とも短髪で、髪の長さは十センチぐらいだった。

俺はまだ学生だが、素人よりはうまく切れると思う。だが髪を切る技術は、ここでは無用という。

びっくりするやらがっかりするやらで立ちすくむ俺を見て、泰英が苦笑する。

「俺はカメラマンで、きみは理容学生。この地では役立たずなふたりだな」

まったくだ。平和な国で、剣道も役立ちそうにないってことだしな。

「異世界にやってくるのは医者とか自衛隊とかの技術者で、俺がここに飛ばされたのはこのためだったのか、って覚醒《かくせい》しちゃったりするもんじゃないんですかね……」

「人生そう都合よくはいかないってことだよな」

「達観してますね」

「ここにいるとね、そうなるよ。新たな自分を発見できて、楽しくもある」

泰英はどこからどう見ても俺とおなじただの日本人だ。兎神という立場にあるのは完全な誤解であり、本来なら逃げだしても責められるはずもないのに、神としての務めを果たそうとしている彼は大人だ。

話をしながら土いじりをし、夕方まで時間を過ごしてから俺はひとりで自室へ戻った。泰英には護衛がついていたが、俺にはつかない。式神は兎神ほど重要人物じゃないせいだろう。もしかしたら俺が変態野郎だという噂が広まっていて、なり手がいなかったのかもしれないが、どちらにしろ護衛などいないほうが気楽でいい。

芋《いも》の煮っ転がしとご飯と漬け物というシンプルな夕食を食べ終えると、俺は部屋から出て風呂に入った。風呂場は最初に使わせてもらった場所で、泰英も以前はここを使っていたそうだ。ウサ耳族たちは、ほかの場所のもっと大きな浴場を使っているという。部屋へ戻ると、寝室に布団の準備が整っていた。旅館みたいだ。俺はなにもできないのにここまでしてもらうのも悪いから、明日からは世話係を減らしてもらって自分でやろう。

寝るにはまだ早いので、俺は居間の壁にむかってすわると座禅を組んだ。子供の頃の俺は落ち着きがなくて、心を鍛えるためにするといいと剣道の師匠に勧められてから日課にしているんだ。いまだに続けているのは心の弱さを自覚しているためか。

目を瞑《つむ》って呼吸を整えていると、秋芳がやってきた。

「なにしてるんだ」

俺は脚を崩しながら、入り口のそばに立っている男を見あげた。

「座禅を組んでいた」

「ざ、ざぜん……？」

秋芳の山賊のような顔がにわかに赤らんだ。

「どうした」

「いや、なんでも」

緑の赤い瞳がそらされる。

「なんでもって顔じゃないだろ」

俺が座布団をすすめると、秋芳はためらいながら腰をおろし、あぐらをかいた。平静を装おうとしているようだが、ウサ耳が内心の動揺を表すように後方へ倒れている。秋芳の耳は、ほかのウサ耳族のそれよりも、感情の機微にあわせてよく動く。

「あんた、そんなことを平然と人に言うなんて……本当に大胆だよな」

「なんのことだよ」

俺が正座をしてむきあうと、俯いていた彼が上目遣いに小声で尋ねてきた。

「座禅ってのはあれだろう？　一生懸命はれんちな妄想をする訓練だとかいう……達人になると男でも想像妊娠できるようになるとか」

どうしてそうなる。

座禅と瞑想《めいそう》をごっちゃにするならまだわかるが、なぜ妄想が入ってくるんだ。

「あんた、また俺の耳をさわろうと妄想をしてたんじゃ……」

「妄想なんかしてねえっつの」

「そこまでしてさわりたいなら、さ、さわらせてやっても……」

きっぱり否定しているのに話を続けられてしまう。もしかして本当はさわられたいのか？

さわってほしいのか？　と疑いたくなる反応だ。

「秋芳。おまえ、誘ってるのか？」

「なっ……、んなわけあるか」

「さわってほしいならさわってやるけど」

「じょ、冗談じゃねえっ。俺にそんな趣味はねえっ……」

本気で焦ってウサ耳をかばおうとする男の様子がおかしくて、俺はぷっと噴きだした。

「冗談だ」

「ほんとかよ。疑わしいな」

「本気のわけないだろ」

「そんなことを言って、こっちが安心したらさわるつもりじゃないのか」

「くどいな。本当にさわってほしいようだな」

腰をあげるまねをすると、秋芳が身を守るように片腕をあげ、上体を仰《の》け反《ぞ》らした。

反応がおかしくてにやにや笑うと、ようやく冗談だと理解してくれたようで、たくましい肩から力が抜けていた。昨夜もずいぶん話して、俺たちはすっかり打ち解けていた。

「で、どうしたんだ。こんな遅くに、なにか用か？」

改めて尋ねると、相手も気持ちを切り替えたように、俺を見る。

「いや、毎日交わりをしていることになってるからさ」

毎日一定の時間はふたりで部屋にこもっていないといけないわけだ。

「ああ、そうか。すまない」

「謝ることじゃないだろ。あんたと話ができるのは、嬉しい」

白い歯を見せてにかっと笑う。豪快な笑顔が、男の裏表のない性格を表しているようで気持ちがよかった。

「だが評議衆なんだろう？　仕事で疲れてるだろうに」

「疲れるような仕事なんてねえさ。とくに俺はあんたのもてなし役だから、仕事はいいからあんたのことを優先するようにと言われているんだ。むしろ暇になった」

「だったらいいが」

秋芳の仕事は評議衆という、国の政治に関わる仕事だ。学生の俺にはピンとこないが、きっと大変な仕事だろう。

王弟という身分からも、もし俺が式神と誤解されていなかったら話すこともできない相手なのかもしれない。タメ口も、本当は無礼なのかも。

　だが男の気さくな雰囲気が、それを忘れさせる。

「昼間、魚釣りにでも誘おうかと思ってさ、様子を見に来たんだが、出かけてたんだな。兎神のところだって？」

「ああ。畑仕事を手伝って、いろいろ話を聞かせてもらった」

「話って、この国のことか？」

「だいたい、そうだな」

　秋芳がなにか言いたげに押し黙った。

「なんだ？」

　促すと、秋芳の視線が照れたように斜め下へ流れた。

「いやその……俺といるよりは、兎神のほうがいいだろうけどさ、俺も生まれたときからここに住んでるぐらいだから、詳しいぞ。知りたいことがあったら俺にも訊いてくれ」

「そうだな。ありがとう」

　すぐに知りたかった疑問は昼間のうちにたいがい泰英から聞いたのだが、訊き忘れていたことがあったのを思いだし、ちょうどよかったと尋ねる。

「次の満月の日っていつになる？」

「満月？　十五、いや十四日か」

「そうか」

「なにかあるのか」

「ああ。聞いてくれ。その日に日本に戻れるかもしれないんだ。だから――」

笑顔で話しかけたが、そこで言葉が途切れた。秋芳が愕然としていたからだ。

「なんだよ」

「……帰るのか……？」

「帰れるかどうかわからないけどな」

秋芳は呆然としていて、俺の声が聞こえているのかわからない感じだった。

「秋芳？」

どこか茫洋《ぼうよう》としていたまなざしは、俺の声ではっとしたように元の光を取り戻したが、今度は落ち着きなく辺りをさまよい、膝に置かれていた手へ視線が落ちる。

「そう、か……そうだよな……あんた、式神だもんな。てっきり、ずっといるもんだと思っちまってたけど、そういや兎神の様子を見に来たって話だったもんな。あの人の元気な様子がわかれば、帰るか……」

俺にというより自分を納得させるように言い、それから期待を込めたまなざしをあげる。

「でも、また戻ってくるんだよな？」

「どうして戻らなきゃいけないんだ」

ちょっと旅行に出かけるのとはわけが違うんだ。びっくりしてつい口走ると、秋芳の瞳に傷ついたような影が走った。

その男の表情を見て、己の思慮のなさに気づいた。

日本には戻れないと思っていた俺としては戻れる可能性があるという話は朗報で、嬉しい気持ちでいっぱいだったが、日本に戻るということは、この男と別れることになるのだ。

知りあいになったばかりだけど、この男のことは好きだ。秋芳のほうも、俺に好感を抱《いだ》いてくれているのはわかる。せっかく親しくなれたのに会えなくなるのは残念なことだというのに、帰還の喜びの陰に隠れて気づかなかった。

「ごめん……戻ったら、秋芳とも会えなくなるんだな」

「いや、謝ってもらうようなことじゃないが……日本と行き来するのはすごく難しいって、以前兎神に聞いた。ここへまた戻ろうとしても一年かかったって。あんたでもやっぱり難しいのか」

「どうなんだろう。運次第って感じみたいだ」

「そうか……」

「親切にしてもらって感謝している。だが、帰れるなら、俺は帰らないと」

秋芳が俯く。その耳はしょげたように垂れていた。

「稲葉さんの話だと、十四日に帰れるかどうか、わからないけどな」

「でもいずれ帰るんだろう？」

そのつもりだ。とは、寂しそうな顔を見たら言えなかった。

秋芳や泰英と別れることになるのは残念だが、日本にいる友だちや家族は、俺が急にいなくなったからきっと心配している。

「あんた……俺の尻尾を認めてくれて……だから俺……」

秋芳が唇を噛みしめる。

その顔を見たら、胸が痛んだ。昨日俺が軽く言った言葉は、思いのほかこの男の心に深い杭《くい》を打ち込んでしまったのかもしれない。

「……帰るまでは、まだ日にちがある。それまで、よろしく頼みたいんだが」

秋芳が無言で頷く。黙っている彼は怖い顔をしているが、怒っているわけではない。すでに俺は、この男の純粋さを知っていた。たぶん俺と同様に、日本に戻るだなんて考えてなかったんだろう。そして突然別れを告げられて混乱しているんだろう。

沈黙が気まずくて、そっと話しかけた。

「……今日、釣りに誘いに来てくれたって？」

「ああ」

「明日もし時間があるなら、連れて行ってくれないか」

「……わかった」

しばらく話していないといけないのだが、会話が弾まない。
やがて秋芳は落ち込んだ様子で帰っていった。

四

翌日迎えにやってきた秋芳は、昨夜の別れ際の落胆ぶりがうそのように陽気な顔をしていた。

「よう。いい天気だな。行けるか」

「ああ」

「海はすこし風があるから、肌寒いかもしれない。風邪を引かないように上着を羽織ったほうがいいんじゃないか」

「だいじょうぶだろ。そんなにやわじゃない」

「海辺を甘く見るなよ」

秋芳はいつもどおりの着流し姿で、上着は着ていない。ならば自分もおなじでいいだろうと思ったが、控えていた世話係がすばやく準備して差しだしてきたので拒むのもどうかと思い、受けとった。

世話係も警備も連れず、秋芳とふたりだけで玄関へむかう。すると途中で書類を抱えた男に秋芳が呼びとめられた。

「ああ、秋芳殿、探しました」

俺たちが足をとめてふり返ると、相手の男が俺に気づいてやや狼狽《ろうばい》した。

「っと、すみません。お忙しいところ呼びとめてしまって」

秋芳の視線がちらりと俺に流れてきたので、俺はどうぞというように手でジェスチャーして一歩引いた。秋芳が男にむき直る。

「どうしたんだ」

「夏の治水事業の件で、教えていただきたいところがありまして――」

話を聞きながら、差しだされた書類に秋芳が目を落とす。そのまなざしは先ほどまでの陽気さが消え、鋭さが増した。質問への受け答えもいかにも働く男という感じで、俺に対するものとは異なる。でも事務的だとか冷たすぎるというわけでもなく、「うん。そういうこったな」なんて笑みを浮かべながら言っていたりもして、男の余裕というか、この男のバランス感覚のよさを感じられた。

学生の身からすると、社会人は別世界の人という感じがして憧れる。秋芳もこうして仕事の顔をしていると、俺とひとつしか違わないのにずっと大人びて、格好いい。

「すまん。待たせた」

話を終えて相手の男が去ると、秋芳がこちらをふり返り、歩きはじめる。

「忙しいんだな。釣りはべつの機会でもかまわないが」

「いやいや。いまの俺はあんたを優先することがなによりも大事だからいいんだ」

玄関には釣竿《つりざお》や魚籠《びく》などの道具が二組準備されていて、秋芳がそれらを片手でつかんだ。

「荷物、俺のぶんは持つ」

手を伸ばすと、秋芳は黙ってひとりぶんの道具を渡してくれた。

たぶん、これが俺じゃなく泰英だったら持たせたりしないだろう。対等な扱いが嬉しい。

秋芳のことを、俺はいいやつだと思っている。その男に遠慮されたり距離を置かれるのは嫌だし、泰英のような特別扱いはされたくなかった。

「海はな、ワニがいて危険なんだ」

「海にワニがいるのか？」

「そうだ。聖人の教えで、むやみに近づくことは禁じられていて、許可を得た者しか海釣りはできない。あんたを連れていくのは、男と見込んだからだ」

「そりゃ光栄だ」

男と見込んで、か。うん。認めてもらえるのは、やはり嬉しい。それも自分が認めた相手からと思うとなおさらだ。

役所の敷地を出てふたりで並んで歩いていくと、秋芳の姿を見つけて親しげな顔で声をかけようとする者の多いこと多いこと。みんなに愛されてる男だなあとしみじみと思い、またそれがとても自然と納得できる。おおらかで、あったかい感じがするんだよな、秋芳って。絶対に拒まれることがないって安心感を相手に与えるんだ。

で、みんなはたぶん、ふだんだったら屈託なく声をかけるんだろうが、すぐにとなりにいる俺に気づいて躊躇《ちゅうちょ》していた。一昨日役所へむかって来た大通りなんだが、そのときとは俺を見る目がなんだか異なる。前のときは純粋に驚いているようだったのが、今回はそれだけでなく、怯えられている気がする。むかいから歩いてくる人が、大きく迂回《うかい》をして俺たちから離れるのも偶然じゃなさそうだぞ。

「ねえ、あの人――」

俺の茶髪を見てめずらしそうに指をさす子供を、母親らしき人が慌てて俺から隠すようにかばう。

「しっ、目をあわせちゃだめよっ。おまえも耳をつかまれちゃうからっ」

母親が子供を諭す声は、俺と秋芳の耳にも届いた。

あれって……。

頬を引きつらせる俺のとなりで秋芳が苦笑する。

「あー。なんか、あんたが俺の耳をさわったことが広まっちまってるみたいだな」

「俺、完全に変態さん扱いなのかよ……誤解なのに」

みんな、俺に近寄ると耳をさわられると思っているらしい。なんてこった。肩を落としてうなだれると、秋芳に慰められた。

「まあ、そのお陰で誰も近寄らないから、いいんじゃないか」

「みんなに気味悪がられて、なにがいいんだ」

「気味悪がられるぐらいのほうがいいだろ。でなきゃ襲われまくって、ひとりで出かけられないぞ」

「俺が？」

「言っただろう。あんたは兎神同様に、俺たち人間にはものすごく魅力的なんだ」

「それは聞いたけどさ、襲われるだなんて大げさだろ」

秋芳の目が細まり、無言で俺を見おろす。その瞳は真剣で、大げさなんかじゃないと言いたそうだ。

「わかってねえな……」

秋芳がぼそりと呟いたが、そのことについてそれ以上議論する気はないようだった。

「近道するか」

秋芳が大通りから路地へ入ったので、俺もそれに続く。路地に面した家並みは大通りの民家よりも長屋のように密集していて、玄関が開け放たれている家が多い。中を覗くと、藁《わら》を編んだり、大きな桶《おけ》に入っているなにかを練っていたりと、働いている人の姿があった。

「この辺は職人街だ。あの家は薬草屋で、そこは紙漉《す》き。そのとなりは——っと、いや、あ、あっちは編み笠屋だな」

秋芳が慌てて説明を飛ばした家は、一見してなんの家かわからなかった。人の姿はなく、玄関の奥にある棚に、商品らしき小箱が積んである。

「そこは、なにを作ってるんだ？」

通りすぎたその家を指さして尋ねた。

「あんたは知らなくていい店だ」

「そう言われるとよけい知りたくなる」

足をとめたら、秋芳が困ったように俺の袖を引いた。

「おい」

「教えてくれないなら、あとで稲葉さんといっしょに訪ねに行こう」

「それは勘弁してくれ」

「なんなんだ」

男の口角が下がる。

「まあ、なんだ。玩具だ」

「玩具？　おもちゃか？」

「大人用のな」

言いにくそうな男の様子に納得である。

こっそり作っているわけでもなく、ほかの商品とおなじように堂々と軒を並べているのがすごいな。

それにしても、これぐらいのことを言いよどむだなんて、秋芳も純情だな。一昨日は俺を抱こうとしたくせに、もしかして童貞なのか。あ、でも女を抱くときに尻尾は隠すとか言ってたか。くそ、童貞仲間じゃないのか。

そんなことを考えているうちに路地を抜けた。田畑と農家をいくつか通りすぎると雑林があり、その先へ進むと見晴らしのよい高台になっていて、崖《がけ》の下に海が見えた。

崖と言うより岩場と言うべきか。それほど高くはなく、覗き込むと一メートルほど下に水面《みなも》がある。

「おい、気をつけてくれよ。落ちたらワニに食われるぞ」

秋芳が心配してそばにくる。

「ああ。だいじょうぶだ」

俺は着物を着ているが、足元は草履《ぞうり》ではなく自分の靴を履いてきたのでさほど滑る心配もない。崖っぷちで平然としていると、秋芳が唸った。

「あんた、男だな」

「なにを急に」

「怖くないのか」

「べつに……なにが怖いんだ」

俺からしたら、海をやたらと危険視するウサ耳族のほうがふしぎだ。よほど凶暴なワニが生息してるんだろうか。

「……ますます好みだ」

そう満足げに言われてもな。

「ここはなにが釣れるんだ」

「アジやタイがよく釣れるな。あとはこの時季は――」

話しながら秋芳が腰かけ、釣り針に餌をつける。俺もとなりに腰かけて、秋芳の準備する様子を観察した。じつは俺は魚釣りをしたことがない。夏祭りで金魚すくいをしたことはあるが、あれは釣りじゃないよな。

「さすがに神は魚釣りなんてしたことねえか」

俺の視線に気づいて、秋芳がにやりと笑う。

「餌、つけてやるから釣竿貸してくれ」

「いや、教えてくれたら自分でやる。こういうのは自分でやるからいいんじゃないか」

「たしかにそうだ。俺もそう思う」

秋芳が嬉しそうに頷いた。

竹でできた釣竿は精巧な作りで、簡易だがリールもついている。教わりながら準備を終えると寄せ餌《え》をし、俺たちはすこし離れて腰を落ち着け、釣竿をふって糸を海へ投げ入れた。

「糸はどれくらい垂らせばいいんだ？」

「二尋ぐらいからはじめてみるのがいいかな」

「二尋？」

「こんなもんだ」

秋芳が長さを調節してくれる。尺や寸、里ぐらいなら俺もわかるが、尋なんて単位は知らなかった。水深の単位だそうだ。

「ワニが食いついたときはどうする」

「滅多にないが、たいがい糸が切れるな。万が一持っていかれそうになったら釣竿を離すんだ——っと」

糸を垂らしてまもないのに、秋芳の竿に魚がかかった。慣れた手さばきで引きあげられたのは、両手ほどもある魚だった。

「すげ、でかいな」

「マダイだな。まあまあだ」

この島の住人はウサ耳だが、魚は日本とおなじ、俺も見たことのある姿をしていた。

俺の竿にも手ごたえがあり、夢中で引きあげると、よくわからない小魚だった。

「うおお」

小魚だが、自分が釣ったのだと思うと感動がある。

「針、取れるか？」

「教えてくれ」

秋芳がそばに来て、やり方を見せてくれる。それからふたたび海へ糸を垂らした。

釣れると楽しい。俺は釣りは初めてだが、これはおもしろいと夢中になった。しばらくやっていると、連続して釣れるときもあれば、なかなかかからないときもあり、それが嵌まる。大きいのちいさいの、これはなんだのと、秋芳とわいわい言いながら過ごすのは楽しくて、しばしときを忘れた。

「釣りは奥が深いぜ。慣れてくると、あの魚を釣りたい、とか挑戦したくなる」

「だろうな」

釣れないあいだは互いの話をした。秋芳は評議衆になる前は一般の役人だったという。王弟だからといって特別待遇があるわけではないらしい。秋芳自身、王弟ということを鼻にかけるようなやつじゃなく、さっぱりしていい男だと、こうして話していても改めて感じられた。

気がつけば太陽が真上に昇っていた。空腹を感じたそのとき、背後の道から男性がやってきた。

「秋芳殿～」

男に声をかけられ、ふりむいた秋芳が陽気に手をあげる。

彼は使いの者のようで、風呂敷きに包まれたものを秋芳に渡し、二、三言葉を交わして戻っていった。

「昼飯にしよう」

秋芳はあっというまにその辺の枯れ葉や小枝を集めて火を熾《おこ》し、たったいま釣った魚を串《くし》刺《ざ》しにして焼きはじめた。

俺が手伝うひまもなかった。本当に手馴れていて、目を瞠《みは》る。

ここに来る前、俺は大久野島でキャンプをしたが、ふつうにカレーを作っただけだ。

「すごいな。こういう本格的なサバイバルっぽいのって、いいよな」

素直に賞賛すると、秋芳が得意げにニカッと笑う。太陽の光がよく似合う男だ。純粋で陽気な性格で、サバイバル能力も長《た》けていそうで男らしく頼りがいがある。こういう男はかっこよくて好きだ。俺が女だったら惚《ほ》れてたかもしれないとちょっと思ってしまった。

風呂敷きに包まれていたのはおむすびや飲み物で、俺たちは魚が焼けるのを待たずに食べはじめた。そのうち魚も焼けて、食べてみると無茶苦茶うまかった。いや、魚の味自体は日本と変わらなくて、むしろ脂も乗ってなくて淡泊なんだけど、ここに来てからの食事はご飯と野菜ばっかりだったから、動物性タンパク質を身体が求めたんだろうな。こってりしたとんこつラーメンや肉が早くも恋しくなりかけていたから、これはありがたい。

腹を空《す》かせた猫になった気分で魚にむしゃぶりつく俺を、秋芳が目を細めて眺める。

「いい食いっぷりだな」

「うまい。こういうのが食べたかったんだ」

「そうか。じゃあまた釣りに来るか」

「頼む。いやほんと、おもしろかったし、また来たい」

腹が膨れると、ひと息ついた。秋芳は俺のとなりで腕を枕に横になっている。

吹き抜ける海風が心地いい。海のほうへ目をむければ、青い空と穏やかな海がのどかに広がっていて、穏やかな波が光を乱反射させてきらきらと輝いていた。人々は奇天烈《きてれつ》だが、いいところだ。

俺はいつまでここにいることになるだろう。次に海釣りに誘われる日までいるだろうか。

ぼんやりと海を眺めていると、しばらくして秋芳の低い呟きが聞こえた。

「綺麗だな」

ちらりと視線をむけると、男の目がまぶしそうに俺を見あげていた。

「髪が、光を浴びて。綺麗だ」

ウサ耳族はみんな陽に焼けたような赤っぽい髪をしていて、染める風習も技術もないらしいことは話に聞いていた。この茶髪を地毛だと思ってるみたいだ。

「その髪、後光なんだったよな」

いや違うけど、と言いたいが、泰英がそう言ってくれたおかげで助かったこともあり、黙っておく。

「初めて見たときは、息がとまった。すごく……さわりたくなる。その長い髪も、綺麗な肌も。あんたが俺の耳にさわったような興味本位じゃなく、性的な意味でな」

憧憬《しょうけい》を込めた熱っぽいまなざしが、輝く海よりもきらめいて見つめてくる。そんな目で見られたらどうしたらいいかわからなくて、思わず目をそらした。

「性的な意味ってなんだよ」

「そのまんまさ」

「あほか。俺は男だぞ」

冗談にしてしまおうと笑ったが、妙に胸がどきどきしてしまった。

俺が男でもかまわないと秋芳に言われたことを思いだし、動揺する。

男に迫られたのが初めてだからだろうか、変に意識しちまってる。

秋芳が目を伏せて身を起こした。

「そんな顔すんなよ。手をだすつもりはねえから」

短い髪に手をやりながら、苦笑する。

「あんた、大事な人がいるんだもんな。俺にさわられるのなんて、嫌だよな」

髪にさわられるぐらいはどうということもないし、嫌じゃないぞとここで言ったら、誘っ

ているこ とになっちまうんだろうか。

「昨日はさ、あんたが帰るつもりだって聞いて、動揺して頭がうまく働かなかったんだが、でも考えてみたら、帰ろうと思って当然だよな。むこうに彼女が待ってるんだもんな」

俺に彼女がいるのだと秋芳は信じているらしい。笑みを浮かべながら、自分を納得させるかのように話す、その口調は愁いを含んでほろ苦い。

「……どんな人なんだ。あんたの好きな人って」

どんなと訊かれても、本当は彼女なんていないし女の子とつきあったこともないから、言葉に詰まった。

「ええとだな……小柄でかわいくて、髪が長くて、胸が大きくて……」

とっさに思い浮かんだステレオタイプの女子像は漠然としすぎていて、我ながらうそくさかった。だが日本の女子を見たことのない秋芳は信じたようだ。

「胸が大きい？　胸筋がたくましいってことか？」

「違う。こう、膨らんでるんだよ。身体は俺より華奢《きゃしゃ》で」

身振り手振りを交えて説明してやる。秋芳はまじめに耳を傾け、それから聞き終えると自《じ》嘲《ちょう》するように吐息をついた。

「はは、まいったな。俺とは全然違うんだな……そりゃあ、交わる気になんてなれないよな……」

伏し目がちに笑うその顔はひどくやるせない様子だった。

俺と抱きあうことを諦めてくれたようで、俺としては喜ばしい結果になったはずなのに、がっかりした男の様子を見ていると、なんだか落ち着かない気分になった。

雰囲気を変えようと、俺は明るく話を戻した。

「あのさ。この髪、褒めてくれたけど、これって染めてるんだ。しばらく放っておいたら黒いのが生えてくる」

秋芳が褒めたこの髪の色は、本当の俺の色じゃないんだと、種明かしを口にする。

後光ってことになってるから、ほんとはばらしちゃいけないことだったかもしれない。それなのに口をすべらしたのは、うそばかりついていて良心の呵責《かしゃく》に耐えかねたせいか、それとも秋芳に諦めてほしかったためか、あるいは俺の真実を知ってほしくなったためか。

「染めるって、布みたいに髪が染まるのか？」

「ああ」

「なんで色を変えたんだ」

「ファッションというか……たいした意味はないけど」

「ふうん……じゃあ、本当はあんたも兎神みたいな黒髪なのか」

男の大きめの目が俺の髪を見つめる。どれぐらいたつと黒髪に戻るんだとか訊かれ、適当に答えてやると、

「そうか……」

と、寂しそうな声で呟かれた。

「本当は黒髪でがっかりしたか」

「いや。黒髪も神秘的でいい。ただ……黒髪のあんたも、見てみたかったな、と思ってさ……」

過去形なのは、俺の黒髪を見ることはできないという前提だからだ。

日本に帰ると告げたから。

「……黒髪に戻る頃まで、いるかもしれないぞ」

後ろめたいような気分がしてそう付け加えると、秋芳が目を細めた。

「あんた、帰りたいんだろ？　だったら、そんな後ろむきなことは言わないこった。言霊《ことだま》の力がかかるぞ」

「言霊？」

「神のあんたに言うこっちゃないか」

「そういうのって俺、あんまり信じてないんだよな」

ファンタジーは好きだけど、言霊なんてオカルトめいたことは考えたこともなくて、おもしろいことを言うなあと笑いそうになった。だが言葉の影響力というふうに考えると、たしかになと思うことはある。高校の頃だが、剣道の試合前に先輩の主将が弱気な発言をして、それが全体の士気を下げたことがあったんだよな。

だから俺はその教訓を踏まえて、口下手なりにも他人に影響を与えそうなときは発言に気をつけているつもりだ。約束が難しいことも、できるだけ口にしないようにしている。

と言いつつ、根が細やかじゃないしやっぱり口下手だから、けっこうポカをしちまうんだけど。

そんな記憶を思いだしていると、秋芳の声がひそやかに耳を打った。

「でも俺は、あんたの言霊に救われた」

顔をあげると、まっすぐな瞳とぶつかった。まばたきもせず一途《いちず》に見つめてくる瞳は、なんとも言えない深く強い色合いをしていて、目を奪われた。

「俺は、あんたに救われたんだ」

秋芳が俺に心を届けるようにくり返す。

静かなのに力強い言葉。俺の言葉よりも秋芳のその言葉のほうが、言霊とやらが宿っていそうに思えた。

「すくなくともあんたの言葉には、力があるんだよ」

俺が秋芳の尻尾を褒めたのは、なにも考えてない結果だった。考えてないからこそ自然体で、秋芳の心を打ったのかもしれないが、なんだろう、無性にごめんと言いたくなる。

黙っていると、俺を見つめる秋芳の目がふいに和んだ。

「……性的な意味を抜きにしても、あんたはやっぱり綺麗だ」

俺はなにも言えなくなって、しばらく秋芳の顔を見ることができなかった。

五

日中は秋芳と遊んだり泰英の畑仕事を手伝ったりして過ごして日々が過ぎ、あっというまに二週間が経過した。

二週間後と言えば、日本に帰れるかもしれない満月の日。

が、しかし。その日は台風直撃かってぐらいの土砂降りの雨で、浜辺にむかうことは王に禁じられた。海も荒れていて、ワニがいつも以上に凶暴になるから非常に危険なんだそうだ。

日本に帰ることもできずに嵐に巻き込まれて死んだら嫌だから、俺は渋々従った。チャンスはこれきりじゃないし、泰英や俺の経験上、子ウサギが現れたのは空がすっきり晴れた穏やかな夜ばかりで、嵐の夜は出現する可能性が低そうだしな。

三日前から激しい雨が降り続いていて、毎年この時期は嵐が来るんだってことは泰英だけじゃなく秋芳や世話係からも聞いていたから、これはだめかもなって覚悟はしていたんだ。でも運よく雨があがる可能性も捨てきれずにいたから、やっぱりひどくがっかりした。

日本のみんなはどうしてるだろう。親も捜索願いを警察に届けてるかもな。学校もこんなに休んじゃって、卒業できるのか、つか、来春の国家試験を受験できるか問題だな。

身の安全は確保されているが、今後一生ここで過ごすことになるのか、先がわからなくて不安になるし、なにより親や友だちに心配をかけていると思うと心苦しい。

皮肉なことに翌日には雨があがり、一日ずれていればと落ち込んでいると、秋芳が慰めるように釣りに誘ってくれた。いいやつだよ、ほんと。

秋芳とは仲よくやっていた。前回釣りに行ってから今日まで、なにか言いたげにじっと見つめられていることに時々気づいたりもしたが、面とむかって迫られることはない。

俺ががさつだったり口下手だったりするのを秋芳は自然体で受け入れてくれて、この男といっしょにいるのは、俺はかなり好きかもしれないと会うたびに思う。

「今日は、あんたに俺の釣り仲間を紹介しようと思ってるんだ」

先日とおなじ釣り場に着くと、三人のウサ耳の青年がいた。三人とも俺たちと歳が近そうだ。

「よお。釣れてるか」

「秋芳」

それぞれすでに釣りをはじめていたが、俺を目にすると、男たちは釣竿を引きあげて立ちあがった。

「今日はな、おまえらに式神を紹介してやるぜ」

秋芳がにやりと笑って俺に仲間たちを紹介する。俺もあいさつを返すと、みんな、かちこちになってしまった。

「この人なら、かしこまらなくてだいじょうぶだぞ」

秋芳が陽気に言うが、男たちは顔を見合わせて動こうとしない。警戒と緊張と遠慮が入り交じった雰囲気だ。

「いや、だけどさ……」

「その……噂によると、式神は耳さわりが趣味だとか」

ああ、やっぱりそれで警戒されてるんだな。

俺は困り顔で頬をかいた。

「あれは誤解なんだ。耳にさわるのは趣味じゃないし、好きでもない」

弁解してみるが、男たちは微妙な顔をしている。釣りの準備にかかった秋芳が、横目でそれを見ながら呵々《かか》と笑う。

「おまえら、自意識過剰だぜ。式神には月に大事な人がいるんだ。俺たちなんか頼んだって相手にされねえよ」

その言葉に、彼らはすこし警戒を緩めたようだった。

「勇輝。はじめようぜ」

秋芳に促されて、俺も準備をはじめる。男たちはウサ耳に見向きもしない俺の姿を眺めると、ようやく遅れて納得したように頷きあっていた。

「そ、そうか。それもそうだよな」

「式神だもんな。俺らの耳なんか、どうでもいいよな」

照れたような笑みを俺に送りつつ、それぞれの持ち場に戻る。

秋芳が釣り糸を海に投げ入れながら、陽気に相づちを打った。

「そうさ。月にいる大事な人に、俺たちみたいなのがかなうわきゃねえんだよ」

冗談のようにおどけた口調だったから、俺は気にもとめずにとなりにすわろうとして男の背後に近づいた。そのとき偶然、男のかすかな呟きが風に乗って流れてきた。

「そう……かなうわきゃねえ……全然、かないそうにねえよ……」

たまたまそこにいなければ、たぶん聞こえなかった。他人に聞かせるつもりじゃなかっただろうその声は、俺の容姿に欲情したと言っていた初日の頃よりもずっと切実かつ深い響きを孕《はら》んでいて、諦めきれない男の胸の内を表していた。

俺は胸をつかれて、秋芳の後頭部と長い耳を見おろした。

かなうわけないって……それって、俺への気持ちのことか……?

俺のことは諦めたのかと思ってたけど、そうじゃなかったのか……?

俺はうろたえながらも、そのまま突っ立っているわけにもいかず、聞こえなかったふりをして秋芳のとなりに腰をおろした。

「式神。釣りは何度目ですか」

どうしたもんかと思ったが、俺の反対どなりにすわった洋一《よういち》という、これまたなかなか派手な顔をしたイケメンに話しかけられて、思考は中断した。

「これで二度目だ」

「洋一、二度目っつってもこの人を侮るなよ。なにしろ神だから海を恐れねえんだ」

秋芳が、あの独り言は俺の勘違いだったかと思うほどいつもの調子で笑った。

「へえ。秋芳がそう言うってことは、なかなかのもんなんでしょうね」

「秋芳だって、仲間内じゃ最も海を恐れないだろう。式神、知ってますか？　こいつはね」

「こら待て、なにを言うつもりだ。よけいなことを言うんじゃねえぞ」

ほかの仲間も交えて話しているうちに、俺に対する彼らの緊張感が緩み、それなりに仲よく会話ができるようになっていた。

話の様子からして、どうも彼らも、秋芳に釣りに誘われたようだった。秋芳はたぶん、俺がみんなに警戒されていて友だちができないことを気にしてくれたんだろう。それで自分の仲間を紹介するつもりで、今日の釣りに誘ったんだろうと話しているうちに気づいた。

「しかし、式神の噂を聞いておっかなびっくりだったけど、全然、怖がる必要のない人だったんだな。話せてよかったよ」

ひとしきり話すと、仲間のひとりがそんなふうに笑い、秋芳が嬉しそうに頷く。

「だろ。だけどなおまえら。式神が本当は変態じゃないってこと、やたらと人に話すなよ」

「なんでだよ。秋芳、そんなに独り占めしたいのかよ」

「そういうことじゃねえよ。兎神みたいに警備が厳重になったら、こうして釣りに来ることも、おまえらと気軽に会うこともできなくなるんだから」

秋芳が俺を気遣って口止めする。その横で、洋一が気を緩めた調子で俺に尋ねた。

「ところで式神。月に大事な人がいるってことですけど、それってどういう相手なんですか」

俺は思わず手にしていた釣竿を落としそうになった。

「え、ど、どうって」

「ここにいるあいだは秋芳をもてなし役にしているでしょう。それとおなじような相手ってことなんですかね」

それには俺よりも早く秋芳が鋭く答えた。

「ばか洋一。相手は月にいる方だぞ。俺と同等のはずがないだろ」

それまでの陽気さを一転させて、本物の山賊かやくざのように凄《すご》みをきかせて一喝する。

それはまるで、俺の口から答えを聞くのを拒絶するかのような態度に見えた。

「この人はいずれ月に帰るんだよ。そのときまで俺は、その大事な人からこの人を預かっているだけなんだ。陛下と兎神みたいな関係じゃねえんだ。陛下の立場にあるのは月にいる人で、俺じゃない。立場がまるで違う」

その語調の激しさと刺々《とげとげ》しさに一同が口をつぐんだ次の瞬間、雑木林のむこうのほうから子供の悲鳴が届いた。

「うわあん、誰かっ」

俺たちは顔を見合わせ、すぐに声のほうへ走ってむかった。すると岩場の上に背丈が俺の腰ぐらいの子供が真っ青な顔をして立っていて、その視線の先の波間には、溺《おぼ》れかかってもがいている子供の姿があった。波に攫《さら》われているというほどでもなく、岩場からせいぜい二、三メートルぐらいだろうか。

「なっ、ガキがなんで海辺にいるんだばかやろう！」

「ご、ごめんなさい」

叱《しか》っている場合じゃないだろうが。つか、溺れてるのはすぐそこなのに、なんでさっさと助けないんだよ。俺よりも先に現場に着いた秋芳も仲間たちも、子供が溺れているのは見えているはずなのに、海に入るのは躊躇しているようだった。俺はそんな彼らの脇をすり抜けて岩を蹴《け》り、海に飛び込んだ。

彼らが崖と言うだけあって、底は深く、足がつかない。ついでにうっかり着物のまま飛び込んだから、生地が足にまとわりついてうまく泳げない。しかも子供を抱えたら、その子が夢中でしがみついてきたから、俺もいっしょに溺れそうになった。でも波は穏やかだし、プールと違って身体が浮きやすいからどうにかなった。

泳ぐほどのこともなく、岩場のほうへ腕を伸ばしたら秋芳の太い腕が引きあげてくれた。

「ごめんなさい、ごめんなさい。おいらたち、海の中がどんなだか、ひと目見てみたかったんだ……っ」

岩場に立っていた子供が泣きじゃくりながら海にいた理由を話す。覗き込んでいたら、足を滑らせて落ちたらしい。

まあな、禁止されたら好奇心旺盛《おうせい》な子供はそりゃあ近づきたくもなるよな。

溺れていた子供は意識もしっかりしていて、引きあげられると地面にしゃがみ込み、咳《せ》き込みながら泣きだした。俺もしゃがんで、その背を撫でてやった。

助けられてよかった。川みたいに流れが強いわけじゃないし、こんな近距離なのに助けられなかったら恥だよな。

子供の無事を確認すると、男たちの畏敬《いけい》のまなざしが俺にむけられた。

「さすが式神。躊躇もなく海に飛び込むとは、なんと勇敢な」

「海を泳げるだなんて、信じられない」

「子供を救ってくれたと俺はみんなに伝えたい。こんな勇敢な式神なのに、変態だと誤解されたままでいいのか」

さっきまでは、仲よく話せたといってもやっぱりどことなく見えない壁を感じていたんだが、壁がいっきに吹っ飛んだ感じだ。

俺は勉強はいまいちだけど運動神経は自信があって、スポーツ全般人並み以上はこなせる。水泳も得意だ。でもいまのは穏やかな海にちょこっと飛び込んだだけで、そこまで褒められるほどのもんでもなかっただろ。

オーバーだけど、でもまあ、悪い気はしない。気分よく賞賛を浴びていたら、秋芳が近づいてきていきなり俺を抱えあげた。

「わっ」

「俺はこの人を屋敷に連れていく。おまえら、あとのことは頼んだぞ」

秋芳はそれだけ仲間に言うと、問答無用で俺を抱えてずんずん歩きだした。

「お、おい、釣り道具は」

「そんなのは、あとでいい」

怒った声だった。秋芳は俺のほうは見ようともせず、まっすぐ前だけを見て進んでいく。

「俺、歩けるぞ」

「いいから、抱かれていろ」

「なんでだよ」

理由も聞かされずに命令されるのにムッとすると、それ以上に苛立《いらだ》った声が返ってきた。

「濡れて、身体の線がはっきり見えるんだよ」

え。そんな理由ですか秋芳さん?

「あんた、そんな格好で街を歩いてみろ。いくら変態の噂があるったって、速攻で襲われるぞ。釣り場でも、あと二秒もいたらきっとあいつらが襲いかかってた」

それで溺れかけた子供も仲間も荷物も放置してきたというのか？

「まさか」

「まさかじゃねえよ。いい加減自覚してくれよ」

呆気《あっけ》にとられてしまったが、秋芳は本気で怒っているようだった。まもなく屋敷に着き、俺の部屋まで来ると、ようやくそこで降ろされた。そして足が畳につくやいなや、強い力で抱きしめられた。うわ。

驚く俺の髪に、ひそやかな吐息がこぼれ落ちる。

「……よかった……ほんとに……あんたが海に飛び込んだときにゃ、心臓がとまるかと……」

くぐもった声は震えていて、真剣に俺の身を案じてくれていたのだと気づかされた。

大きな胸に包まれながら男の心配を教えられて、俺の胸は男を知らない少女のように高鳴った。なぜだ。それを自覚したらさらにどきどきしてきたのはなぜなんだ。

「は、はは。おおげさだな」

胸の速い鼓動をごまかしたくて、俺は笑った。すると肩をつかまれて身体を離され、上から眼光鋭く睨まれた。

「おおげさなもんかっ。あんた、ワニに食われてたかもしれないんだぞっ」

「あ、そうか」

そういえばそうだった。ここの海には人食いワニがいるんだったな。

「上から見た感じだとワニなんていそうになかったけど、ほんとにいるのか？」

「気づかなかったのか？　うようよいたぞ。さっきもすぐそばまで迫ってた。いなけりゃこれほど言うか」

まじか。

そんなことを聞いたら、ぶるっと震えがきたぞ。

俺のびっくりした顔を見て、秋芳は溜飲《りゅういん》を下げたようだった。

「ったく、あんたって人はほんとに……驚かされるな」

「心配かけて悪かった」

濡れた髪を頬に張りつかせながら、俺は素直に謝って見あげた。

男の瞳が、俺の目をじっと見つめ返す。

秋芳は俺の頬に手を伸ばしかけ、しかし思い直したようにぎゅっとこぶしを握って腕をさげた。

真剣だった男の顔に、無理やり作ったような微笑が浮かぶ。

「俺はあんたのもてなし係なんだ。あんたにけがでも負わせたら、大事な彼女に怒られちまうからな」

おどけたような微笑みは、どこか陰を帯びて寂しげで、この男らしくなかった。

「風邪を引かないうちに着替えろよ。夜になったらまた来る」

彼はそう言い残して出ていった。

俺は背中に秋めいた日差しを感じながら、ぼんやりとたたずんで見送ったあと、風呂に入って海水を流した。何日か前、五右衛門風呂は蓋を沈めて入るんだと泰英との会話で知り、それからはそのように入っている。

部屋へ戻ると、素振りでもしようかと思いつつもその気になれずに庭へ目をむけた。花の香りがした気がして視線をさまよわせると、庭の隅に名の知れない淡い桃色の花が咲きほころんでおり、それを眺めながら海での出来事を思い返した。

子供を助ける前のことだ。

俺の大事な人についての話題になりかけたとき、秋芳が急に態度を変えたんだよな。

「大事な人、か……」

秋芳は俺には大事な人、つまり彼女がいるといまも思ってるんだよな。

本当はいないけど。たしか、かなり適当な彼女像を説明しちまったんだよな。

小柄でかわいいなどと、頭に浮かんだ一般的な容姿だけを喋ったんだったか。あのときはとにかくセックス強要から逃れたい一心だったからなあ。

本当はそれほど容姿にはこだわらないんだけどな。

つきあうなら性格があうのが一番だよな。いっしょにいろんなことを楽しめる明るいタイプが好みだ。オープンで、自分の友だちも俺に紹介してくれるのがいい。俺の口下手も許してくれたら申し分ない。

そんな相手と巡り会えたらいいんだが――。

「……ん？」

そこまで考えて、はたと気づいた。

いま考えた好みのタイプって、もろ、秋芳じゃないか？

陽気だし、今日は仲間を紹介してくれたし。俺の口下手も自然と受けとめて、なおかつフォローしてくれてるし。

「…………」

性別以外はどストライクじゃないか。

これまで考えたこともなかった事実に気づいてしまい、思わず顔が赤くなりそうになって、俺はぶんぶんと首をふった。

待て。血迷うな俺。相手は男だろ。男は問題外だ。いくら外見にこだわらないと言っても限度があるだろ。

「なに考えてんだよ、アホらし」

手のひらで顔を扇ぎ、庭から顔をそらす。

やっぱり座禅でも組もうと立ちあがったとき、ふわりとなまめかしい風が吹き、淡い花びらを散らしていった。

六

ここでの生活にすっかり慣れてきたその日、いつものように泰英《やすひで》の部屋へ赴いたら、泰英と王のほかに知らない男がふたりいた。商談でもしていた様子で、俺の入室と同時に男ふたりは帰っていった。

「やあ那須《なす》くん」

王と泰英に会釈しながら室内へ入っていくと、泰英が立ちあがり、俺といっしょに縁側へむかう。

王は姿勢よくすわって書類に目を通していて、澄ました顔をしているけど耳はぴんと立っており、俺たちへ意識がむいていることがばればれだ。

「邪魔しましたか」

「いいや。ちょうど話が終わったところだよ」

居間の障子は開け放たれており、庭にはいつもはない荷車が三台も置かれていた。

「これは」

草履《ぞうり》を借りて縁側から庭へ降りながら尋ねた。

「この話をしていたんだ。ここの荷車はさ、軸に車輪が通してある単純なものなんだけど、衝撃を緩衝するようにサスペンションをつけられないかなーと思って、職人さんに試作品を作ってもらったんだ」

泰英が荷台のひとつに手をかける。

「いまは荷物を運ぶためにしか利用してないけど、改良できたら、馬車とか車椅子とか作れるだろう」

「なるほど……」

「ここの人たちは体力がすごいから、馬車って発想がなかったのかもしれないけど、でもあと十年もすれば老人人口がぐっと増えるはずだし」

泰英はこの国の発展のために、様々なことを考えている。先日は電気の普及についての考えも話してくれた。

「そのうち自転車なんかも作れるといいと思ってるんだ」

目を輝かして楽しそうに語る泰英はまぶしく見えた。国は発展途上で、手を加えるとすぐに反応が現れるのがおもしろいという。とてもやりがいがありそうで、見ていると、俺もちょっと手伝いたいなとか、ここでの生活も悪くないかもしれないなんて思ってしまう。

でも、帰らないという選択肢はいまのところ俺にはないけれど。来春には理容師の国家試験があるんだ。

今日は接木苗の作り方を泰英に教わり、その後いっしょに土いじりをした。初秋とはいえ、陽が高いうちは汗ばむほど熱い。作業中、泰英がひたいに張りついた長い前髪を邪魔そうにしているのが目についた。

「髪、伸ばしてるんですか」

前髪は鼻の頭ぐらいまで伸びていて、ピンで横に留めているのだが、作業しているうちに顔のほうへ落ちてきていた。後ろの髪は肩につくほどの長さで、ひとつに束ねている。

「ああ……伸ばしているというか、もったいないから切らないでほしいと言われて……この人たちは髪が長く伸びないから、めずらしいみたいで。でもさすがにこれ以上長くなると邪魔だなあと困ってる」

「前髪だけでも切りましょうか」

俺は気軽に泰英の前髪に手を伸ばし、ピンを留め直してやった。髪の先を耳の後ろへ流し、ついでに耳たぶに付着していた泥を指で払い落としてやる。

「そうだなあ。自分で切るより、那須くんに頼んだほうがかっこよく切ってもらえそうだよな。でも勝手にやると佐衛門《さえもん》さんがまた変なこと言いだすかもしれないから、いちおう確認して、明日お願いするかな」

泰英が迷うように話しているとき、ふと視線を感じて部屋のほうへ顔をむけると、王がこちらを見ていた。

なんだかものすごく殺気だった気配を感じ、俺はぎこちなく泰英の耳から手を離した。

王が静かに立ちあがり、縁側までやってくる。周囲の空気の圧力が異常に高まっているように感じるのは気のせいだろうか。

「なにをしている」

王がレーザーでも発しそうなまなざしで俺に尋ねる。

「いま、耳をさわっていただろう」

「はあ。泥がついていたので」

あれ？　泰英の耳もさわっちゃいけないのか？　ウサ耳じゃないし、泰英はウサ耳族じゃないから気にしなかったんだが、まずかっただろうか。

俺の軽い返事を聞いた王は、威圧感を増した。

「式神。この国には、兎神《うさぎがみ》にふれていいのは国王だけという決まりがある。あなたはこの国の者ではないし、兎神の式神ということで黙っていたが――」

「泥を払ってくれただけだろう。隆俊《たかとし》くん。邪魔するなら執務室へ戻ってくれないか」

驚いている俺のとなりで泰英が王の言葉をさえぎる。

「しかし耳です。あなたの耳に……耳は……」

「泥を払ってくれただけだってば。那須くんは日本の人なんだから、それ以上の意味はないよ」

「………」

王はものすごく不服そうにしながらも、理性をかき集めてこらえるような顔をして部屋へ戻った。

「すみません。稲葉《いなば》さんにさわっちゃいけなかったんですね」

「こっちこそごめん。俺もなんだかよくわからない決まりでさ……」

ふたりでこそこそ話しながら作業を再開した。


そんなことがあった翌日、ふたたび泰英の部屋を訪れると、泰英は不在だった。なんでも体調不良で寝込んでいて、家から出られないという。

俺がこの国へ来た初日も寝込んでいたんだよな。身体《からだ》が弱い人なのかな……。

見舞いに行こうか迷ったが、世話をする人はいるだろうし、具合が悪いさなかに行っても迷惑かもしれない。今日は様子を見ることにして、ひとりで畑仕事をすることにした。

今日もいい天気で、ちょっと動いたら汗ばんでくる。着物が肌に張りつくので、もろ肌を脱いで作業をしていると、部屋の障子のむこうから足音がして、人が来た気配があった。

「勇輝《ゆうき》」

秋芳《あきよし》の声だ。すぐに障子が開き、団子の盆を持った男が姿を見せた。

雑草を抜いていた俺は腰を伸ばしてゆっくりと立ちあがった。すると俺の姿を目にした秋芳が仰天したように目をむき、大きな身体を揺らしてうろたえた。

「あ、あ、あんた」

秋芳の顔が湯気が出そうなほど真っ赤になった。

「ち、ち、乳首が……乳首を……！」

「は？」

「か、か、隠せ！　早く！　そんなの誰かに見られたら……っ」

秋芳は誰かいないか確認するように左右へ視線を走らせ、それからふたたび真っ赤な顔をして俺の胸元を注視する。

どうも俺の乳首に動揺しているらしい。

ウサ耳族の男に乳首がないのは聞いたが、自分に乳首があることがウサ耳族にどんなふうに映っているか、俺はいまいちピンときていなかった。初日に秋芳には見られているし、乳首があっても俺は女じゃないって秋芳だってわかっているはずだ。それなのになんでまた焦っているのか、意味がわからずぼけっと突っ立っていると、業を煮やしたように秋芳が盆をその場に置いて縁側から降りてきて、俺のそばまで来た。

「早く着物を着ろって！」

秋芳は俺の着物に手をかけようとして、しかし遠慮したようにその手を引っ込めてわたわたしている。

「なんなんだよ。手が汚れてるんだ」

汚れた手を袖《そで》に通したら着物が汚れるじゃないか。

そこへ部屋の戸口のほうから世話係の声がかかった。

「お茶をお持ちいたしました。失礼いたします」

「ま、待て！　開けちゃだめだ」

秋芳が叫びながらふり返る。

ますます焦ってパニックに陥ったのか、秋芳は縁側に置いた盆から団子をふたつとってきて俺の元へ戻ってきた。その団子をどうするつもりかと見ていたら、なんと――俺の乳首にそれぞれぎゅむっと押しつけた。

「なな、なにすんだ！」

秋芳の指が離れても、団子は胸に密着している。

まさかそんなことをされるとは、予想外すぎる。汚れた手で団子にさわるのはためらわれ、即座にとれずにいると、お姫さま抱っこをされて奥の部屋へ連れていかれた。泰英が以前寝室として使っていた部屋だ。

秋芳が足で乱暴にふすまを閉めたとき、世話係がまた声をかけてきた。

「あの、お茶はいかがいたしましょう」

「そこに置いておいてくれ。廊下でいい」

「はい」

世話係が去っていく気配がし、秋芳が大きく息を吐いてぼやく。

「……汗が出そうだ」

俺は抱きかかえられたままだ。乳首に白い団子をつけて。

「おい。団子をとれよ。でなかったら、手を洗いに行かせろ」

耳をさわるなんてことよりもよっぽど変態的なまねをされて、こっちこそ恥ずかしくて汗が出そうだ。顔を紅潮させながら睨《にら》むと、それ以上に赤い顔をした男に睨み返された。

「あんたなあ。こんな、かちかち山の泥舟のようなまねをするなよっ」

怒ったように言われたが、俺はきょとんとしてしまった。

「……は？　どういう意味だ」

「知らないのか」

「泥舟って、ウサギがタヌキに勧めたやつだろう？」

「そうだが、色仕掛けで誘惑されたときのことわざでもあるだろ」

「色仕掛け？」

日本でも「泥舟」を比喩《ひゆ》として使うことは多々あるが、そんな使い方はしない。

だって、あの話に色仕掛けなんてあったか？　かちかち山だろ？

秋芳がまじめに言う。

「計算高い絶世の美女のくノ一が諜報《ちょうほう》活動中、純情青年に色仕掛けで迫る場面があるだろう。泥舟に乗って」

いや、ない。

ただの勧善懲悪の昔話に、どんな脚色入れてるんだよ。

「秋芳。ここの人たちはみんな、そのことわざを使うのか……？」

「ことわざの話なんかいまはどうでもいいんだ。あんた、俺に抱かれる気がないってんなら、こんなふうに誘惑するのはやめてくれよ」

「誘惑した覚えなんかねえぞ」

「またそう言って……こっちは必死に我慢してるってのに、くそ。あんたがそのつもりがなくてもだな。あんたの乳首はすごくいやらしいんだよっ」

「いやらしいって……いや、ふつうの乳首だろ」

これがいやらしいというなら、ウサ耳族の女性はいったいどんな乳首してんだよ。

とまどう俺に秋芳が吠《ほ》える。

「いやらしいだろうがっ。なにもしてないのに、あんなに勃たせてっ」

「そりゃ、外気の刺激で……」

「か、形も、すごく、ぷっくりしてて……っ、色も……な、なまめかしくてっ……男なら、誰だってむしゃぶりつきたくなるような……人の我慢の限界を試すように挑発的で」

話せば話すほど秋芳の興奮は高まっていくようだった。会話しているあいだも団子のついた胸に意識がいってしまうようで、視線が落ち着かない。なんだか感化されて、こっちまで妙な気分になりそうだ。

「とにかく団子をとってくれよ。それからいい加減降ろしてくれ」

視線をはずしてため息混じりに言うと、秋芳がごくりとのどを鳴らした。

「……わかった」

その低く唸《うな》るような声はいつもとはなにかが違うような気がして、目を戻すと、興奮しきったまなざしに見つめられていた。

胸騒ぎを感じたとき、畳に身体をおろされた。そのまま秋芳の巨体にのしかかられ、両腕を押さえつけられる。

「え、ちょっ、なにを」

「団子をとるんだろ」

秋芳の顔が俺の胸元に近づく。その唇が、右の団子を頬張《ほおば》った。団子の塊はとれたが、乳首にはまだ白い粘りがこびりついていた。秋芳の大きめな舌が、それを舐《な》めとろうとする。

「……っ」

強くこするようにそこを舐められて、俺の身体はびくりと震えてしまった。その反応に、秋芳はますます興奮したような顔をして舌を這《は》わせた。猫のように舐められ、勃ちあがったそれを舌先で捏《こ》ねまわされ、身体が小刻みに震える。

「や……め……っ」

「とれと言ったのはあんただ。俺を挑発するあんたが悪い」

そんなところを人に舐められたのは初めての経験で、気持ちいいとかくすぐったいとか、そんな生易しい表現では言い表せない、強い刺激に頭が沸騰しそうになる。男の身体を押しのけたいが、四肢のポイントをしっかり押さえつけられていて、身動きできなかった。

「も……いいから……っ」

「まだだめだ。すこし残ってる」

唇にちいさな突起を含まれた。生温かい感触に包まれたと思ったら、強く吸われ、おもわず声をあげそうになった。

「っ……！」

身体が大きくびくりと跳ねる。

身体じゅうの血液がいきおいよく巡りだし、酸素が足りなくて息が弾む。男なのに乳首を舐められて興奮しているだなんて、そんな自分が許せないし相手にも知られたくなくて唇を噛《か》みしめると、よけいに苦しくなって喘《あえ》ぐような呼吸になった。

やめろとかばかやろうとか言いたかったが、下手に声をだすと喘ぎ声になりそうで、奥歯を噛みしめてこらえる。

身体を震わせ、はあはあと息を乱す。秋芳のほうも荒く息を乱していて、静かな部屋に男ふたりの息遣いが響いた。

右の乳首には団子のかけらなどすでになく、真っ赤に充血して男の唾液《だえき》にまみれていやらしく濡《ぬ》れている。じんじんと痺《しび》れるほど吸われると、抵抗もできぬほどに身体から力が抜けた。

「も……やめろよ。痛い……」

息を乱しながら弱々しく言うと、ようやく右の乳首を解放された。そして今度は左の乳首を攻められる。

団子をとられたあと、舌で執拗《しつよう》に舐められる。右側以上に長いことといじられ、吸われているうちに、下腹部に覚えのある感覚が沸き起こっていることに気づいた。

ずっしりと腰が重く、中心が熱い。疼《うず》くような欲望が芯《しん》に灯《とも》り、身体中に燃え広がるのを待っている。

いや、ちょっと待て。俺は男だぞ。秋芳も男。

股間《こかん》をいじられているならまだしも、乳首を舐められているだけだ。

男に乳首を舐められて、勃つわけ……勃つわけが……。

……なんで勃つんだよ……。

やばい。気づかれたくない。そう思うのに隠すこともできず、うろたえているうちに、秋芳が俺の身体の変化に気づいた。

彼の手が確認するように俺の中心にふれ、そこが硬く反り返っていることを知るなり、着物をかき分けて下着の中に潜り込んできた。

じかにさわられる感触に、うわああっ、と心の中で悲鳴があがった。

「や、めろっ」

秋芳の右手が俺の左腕から離れたので、俺は汚れた手で秋芳の腕をつかんだ。しかし力の差は歴然としていて、まるでかなわない。

「さわるだけだ。これじゃ、辛いだろ」

秋芳は熱っぽい瞳《ひとみ》で俺の顔を見つめながら、ゆったりと俺の中心を撫《な》ではじめる。

「……っ……ふ……」

自分の手とは違う感触が淫《みだ》らで、頭が沸騰しそうになる。明確な快感を与えられて、導かれるまま身体の芯が蕩《とろ》けていく。はたちの身体は、その刺激にはとても抵抗できなかった。

男の手は徐々に淫らになり、先走りを広げるように茎まで濡らしていく。ひそやかに聞こえてくる水音が、いっそう欲望を駆り立てた。

「あ……は……」

喘ぎ声をだしているつもりはない。けれど荒く乱れた呼吸は喘ぎ声になってしまっているのかもしれない。

「見るな」

秋芳の視線に耐えかねて顔を背けて目を瞑《つむ》る。もう抵抗する意思もなく、左腕で顔を覆った。視界が暗くなると中心の感覚が鋭敏になり、快感がいっきに膨れあがった。男の大きくてごつい手が、亀頭の張り出た部分を優しく撫で、茎を大胆にしごく。

だしたい。

その思いが極限まで高まったとき、俺は四肢に力を込め、熱を放出した。

「――っ」

ぶるりと震えながらだしたものを、男の手が受けとめる。吐精後の放心状態で目を開けると、秋芳の熱い視線がまだ注がれていた。

その顔が、まるで吸い寄せられるように俺の顔に近づく。だがすぐに思いとどまったように動きをとめた。

唇がふれあうほど間近から見つめてくるそのまなざしは熱い欲情に燃えたぎり、しかしそれを抑えようと必死に理性が戦っていて、赤い色が葛藤《かっとう》の渦を巻いているようだった。息を詰めてその戦いを見守っていると、やがて苦しげに瞳が閉ざされた。視界を覆うことで感情を無理やり抑え込んだのだった。もぎ離すように俺から顔を背けると同時に、こらえるように唇が厳しく引き締められ、ぎり、と奥歯をかみしめる音がし、そうやって、秋芳は俺の唇から離れていった。

俺が無言で息を整えているうちに秋芳が着物の裾《すそ》を整えてくれて、立ちあがる。

「……悪いが、俺は部屋へ戻る。このままいると……自分を抑える自信がない。あんたが嫌がってても、もっとさわりたくなっちまうから」

秋芳は俺のほうを見ずに俯《うつむ》く。

「俺、あんたの大事な彼女から、あんたを預かっているだけなんだって……忘れたわけじゃないんだ。だけど……すまん」

小声でそれだけ言うと、秋芳は逃げるように部屋から出ていった。部屋の戸口を開けた音がした直後、うわっと叫び声がして茶碗が引っくり返る音がした。片付けて、ばたばたと廊下を去っていく音。それらを聞きながら、俺は放心し続けていた。

——男に達《い》かされてしまった……。

「俺を男と見込んだんじゃなかったのか……？」

かなり無理やりさわられてしまったが、裏切られたという感じはない。

秋芳は俺を男と見込んだと言っていた。だが同時に、性欲の対象と見られていることもわかっていた。いやらしい身体だの性的に魅力的だのと散々言われているのだ。

そんな相手に隙を見せた俺が、たぶん悪いんだろう。言われたとおりさっさと着物を着ていれば、秋芳だって暴挙に出ることもなかったんだから、俺が煽《あお》ったようなもんかもしれない。

「……自分でするより、気持ちよかったな……」

初めて他人に身体をさわられて、しかもその相手が男だったというのに、なんだろう、そんなにショックじゃない。

はたちの童貞男である俺は、性体験ってどんな感じだろうと興味と好奇心をはてしなく抱《いだ》いていたけれど、セックスもこの延長上にあるとするならば、そんなに身構えることでも特別視することでもなさそうな気がしたし、正直、もっとさわってもらってもよかったかも、などと思っちまってる。

そう。男同士なのに、不快感がなかった。

気持ちよくて、もっと、と思ってしまった……。

「俺……ゲイじゃないよな……?」

男相手に欲情したことはこれまでになかったから、自分の性指向について疑問を抱いたことはなかったが、ある日突然目覚めるものなのだろうか。潜在的に誰でも持ちあわせているものなのか?

そんなわけ……ないよな……?

「……お互い、男だぞ……」

男同士なのに。そんなの、ふつうじゃない。

自分の思考に未知の不安を覚え、俺はそれ以上深く突き詰めて考えることができず、しばし天井を眺めた。

七

「あれで我慢したんだから、むしろ褒めてもらってもいいぐらいだ」

次に顔をあわせるときにどんな顔をすればいいものか、関係がギクシャクしてしまうかと思いきや、その夜にやってきた秋芳は胸を張って開き直った。微塵《みじん》も悪びれずに陽気にふるまわれて、お陰で俺も呆《あき》れてしまって、表面上はそれまでどおりの仲に戻った。

なかったことのようにふるまっていいのだろうかと思ったが、悩んでもしかたがないし、くよくよ考えるのは苦手だ。秋芳との関係について悩んだところで、そう長くないうちに俺は日本に戻るかもしれないのだから、当たり障りなく無難に過ごすのが互いのためだろう。

そんなふうに気持ちを片付けたつもりだったが、秋芳のことを妙に意識するようになっちまって、内心困りはてていた。いっしょにいると秋芳の視線とか指先とかにやたらと目がいって、達かされたときのことをひまさえあれば思いだしちまうんだ。べつに、欲求不満じゃないはずなのに。

いつもの俺だったら、こうと決めたらすっきりさっぱり忘れられるのに、どうしてこれほど引きずるんだ。

そんな自分の変化にとまどって数日が過ぎたある日、俺はいつものように泰英の部屋を訪れた。

泰英は先日体調を崩していたが、たいしたことはなかったとのことで翌日には元気に登庁してきた。

「那須くん。これ、きみにあげるよ」

泰英に差しだされたのはT字のカミソリだった。

「カミソリ、いま使ってるの使いにくいだろう。職人さんに頼んでT字カミソリを作ってもらったんだ」

ウサ耳族は髭《ひげ》が生えないという話は来たばかりのときに聞いていた。髭剃《そ》り用のカミソリはこの地にはないため、俺も泰英も小刀のようなものを使って剃っている。

「ちょっといろいろと大変だったんだけど、ようやくできあがったんだ」

「一枚歯ですね」

「そう。まだ改良の余地はあるけど、とりあえずはね。いま使っているのよりはましだと思うよ。小刀だとやりにくいんだよねー」

「そうですか？　俺、いま使ってるのでもあまり不自由してないですよ」

「へえ、ほんとに。俺、猫毛だからかなー。不器用すぎるのかな」

泰英が顎《あご》を撫でる。彼は小刀での髭剃りが苦手だったり肌が弱いなどの理由から、二、三日にいちどぐらいしか髭を剃らないそうで、いまもよく見るとほんのすこし伸びていた。

「あの、もしよかったら剃りましょうか」

「きみが？」

「俺、理容学生ですから。友だち同士で練習しあったりするんですけど、人のを剃るの、自信があるんです」

「そうか……」

泰英はちょっとだけ迷うような仕草を見せた。腕を信用されていないせいか。

「学生ですけど、間違って肌を傷つけたことはないですよ」

「いや、それは問題じゃないんだ。ほら、髭剃りはエロい行為だとここの人たちは思ってるから。でも見せなければ問題ないか……どっちにしろ自分で剃るんだし……。うん。お願いしようかな」

泰英はぶつぶつとひとり言のように言い、けっきょく俺に依頼した。

「奥の部屋へ行こう」

泰英に誘われて奥の部屋へいく。そこは秋芳に押し倒されて達かせられた場所で、そのときの光景が脳裏に思いだされて落ち着かない気持ちになった。もちろん部屋の主の泰英には言えないし、後ろめたい気分である。

泰英が居間とのあいだのふすまを閉める。

「最中に急に誰かがやってきたらまずいからね」

ふすまを閉めていても、庭側の障子は開いているので斜めに入ってくる日差しが明るく、髭剃りをするのに問題はない。

「那須くんも、髭剃りは見せてないよな」

「ええ。初めの頃、見せちゃだめだと稲葉さんに言われましたから」

「そう。くれぐれも、見せちゃだめだよ」

「この部屋にいるあいだは覗《のぞ》いちゃだめだなんて、鶴の恩返しみたいですね」

泰英が神妙な面持ちをするのがちょっとおかしくて、俺は声にださずに笑った。

いちおう泰英の忠告に従っていまのところ髭剃りを見せてはいないが、エロいと言われても、ピンとこない。俺の乳首を見て秋芳がうろたえていたが、あんな感じの反応をされるのだろうかと漠然と想像しつつ、髭剃りの準備をした。

泰英は髭が薄くほとんど生えていないから、すぐに終わるだろう。

「カミソリは小刀でいいですか。それともせっかくですからT字を使いますか」

「まかせるよ」

T字はまだ自分で試していないので、小刀を使うことにした。

シェービングクリームはないので石鹸《せっけん》を泡立てる。正座する泰英の前に膝《ひざ》立ちになり、泡を頬に刷毛《はけ》でつけていき、それから慎重に小刀を肌に当てる。

すこしずつ丁寧に剃りはじめていると、庭のほうで猫の鳴き声が聞こえた。

「猫なんているんですね」

「ほんとだな。猫の鳴き声なんて、ここに来て初めて聞いたよ。どこから来たんだろう」

のん気に話していると、いきなり縁側から黒猫が跳びあがって部屋へ乱入してきた。それに続いて男の声が。

「ああっ、こら待て！　兎神の部屋へっ！　誰かっ」

開け放たれた障子のむこうに、黒猫を追いかけてきたらしい警備の者が姿を見せた。彼は俺たちの姿を目にすると、瞬間に凍りついたように固まった。直後、

「ぶほっ」

盛大に鼻血を噴きだした。ど、どうした？

男は鼻を押さえながら、なぜか股間《こかん》も押さえてうずくまってしまった。なんだ？　急に持病でも発症したか？

心配して声をかけるひまもなく、騒ぎを聞きつけた世話係が部屋へ駆け込んできた。

「失礼いたします兎神、人を呼ぶ声がし――ほげっ」

世話係の青年は、ふすまを開けて俺たちを見るや否や、警備の者と同様に鼻血を噴きだした。そして前かがみにしゃがみこむ。

びっくりしているうちにほかの世話係も次々になだれ込んでくる。

「いかがいた――ふごっ」

「なにごと――ひでぶっ」

みんな俺たちを見るなり鼻血を噴きだし、ばったばったと倒れていく。時間にしてほんの数秒のできごとだ。血を流して悶《もだ》え苦しむ男たちの姿に、俺はなにごとが起こったのかと呆《ぼう》然《ぜん》とするしかない。

「だ、だめだ那須くん！　そのカミソリを隠してっ」

泰英の声でようやく俺の頭も反応し、小刀を持った手を下へおろした。だが隠せと言われても、どうしよう。濡れているから、しまうなら拭《ふ》いてからのほうがいいよなあなどとよけいなことを考えていたのがいけなかった。

「どうした」

もたもたしていると、廊下のほうから王の声が聞こえた。

「まずいっ！　髭剃り三段活用がっ」

泰英がパニックして意味のわからないことを叫んだ。

王はすぐにやってきた。となりに秋芳もいる。

ふたりは部屋の惨状を見たとたんに足をとめ、息を呑《の》んだ。

「兎神――」

王が低い声で呟《つぶや》き、絶句する。鼻血こそださないが、目を見開いて固まった。その横の秋芳も顔色をなくしている。

「た、隆俊くん、これは事故だっ。事故なんだっ！」

泰英は頬の泡を慌てて拭《ぬぐ》ったり俺の手元を隠そうとしたりあわあわしている。しかし王は俺が手にしている小刀を見逃さなかった。

「まさか……式神に髭を剃らせたのですか……？」

王の背後から怒りのオーラが立ちのぼっている。

こ……こええ。めちゃくちゃ怖いんですけど……。

王がちらりと俺を見たんだが、メデューサに睨まれた気分だった。ああ、これは殺されるわ俺、と直感的に死を覚悟して、自主的に石になっていると、王の視線が泰英に移った。

「秋芳。式神を連れていけ。ほかの者は戻れ」

秋芳は即座に俺に近づいて乱暴に肩に担ぎあげた。小刀が畳に転がる。

「うわっ」

秋芳は無言で踵《きびす》を返し、一目散に廊下へ出る。世話係たちもひと言も発さず、すみやかに部屋から出た。世話係たちはなぜかみんな便所へ直行したようだが、俺を抱えた秋芳は飛ぶように走って俺の部屋へむかった。

部屋に着くなり俺を畳に降ろす。秋芳は無言で、なにかをこらえるような表情をしていて

ちょっと怖い。

「なあ秋芳、あれって……やっぱり髭剃りのせいか……?」

秋芳は問いに答えず、俺に馬乗りになり、両腕を押さえつけた。

「ちょ……っ」

「あんた、なにやってんだよ……」

本気で怒った声に、俺は息を呑んだ。

「髭剃りのせいか、だと? あたりまえじゃないか……。あんな……。あんた、兎神に惚《ほ》れてんのか?」

「まさか」

泰英を慕ってはいるが、惚れているわけではない。どうしてそんな話になるのかとびっくりして首をふる。

「だったら、どうして兎神の髭なんか剃ってたんだよっ」

「どうしてと言われても……」

「彼女がいるんだろう? 男だから俺を受け入れられないんじゃなかったのか? 兎神だって男なんだろう? 兎神はあんたの彼女じゃないだろう? なのにどうして、あんないやらしいことしてるんだよ……っ」

激しい口調で責められて、俺は返す言葉が見つからなかった。

ここでは髭剃りがエロい行為だと言われていたが、まさかこんな反応を引きだすことになるとは予想もしていなかった。

そうか。言われて気づいたが、俺は泰英にエロいことをしていたと思われてるのか……。

上から見おろしてくる秋芳の瞳が苦しげにゆがむ。

「人が必死に諦《あきら》めようとして、気持ちを抑えてるっていうのに、どうしてあんたはいつもいつも、俺を煽るんだ……っ」

悲痛な叫びは切迫した激しさをもって慕情を訴えかけてきた。それを裏付けるかのように、俺の腕をつかむ彼の手には必死な力がこもる。

「彼女だけじゃなく、まさか兎神にまでこれほど嫉妬《しっと》する日が来るとはな……くそ。あんたをいますぐ俺のものにしちまいたい……」

秋芳が俺の首筋に顔を埋《うず》めた。唇が鎖骨のほうからいくつものキスを落としながら上にあがってきて耳元へ届く。

「や、めろよ……」

「勇輝」

真摯《しんし》な声で名を呼ばれ、胸がざわめく。

「なあ、勇輝……俺のものになれよ」

男の本気を感じとってたじろいでいると、唇を重ねられた。頭をふろうとしたが顎をつかまれ、舌に唇を割られる。

左腕の拘束が解けたので男の背に手をまわして引き離そうとしたがびくともせず、脚をもがいたら、大腿《だいたい》に秋芳の股間がふれた。そこは硬く昂《たか》ぶっていて、俺に欲望を抱いているのだと知らしめた。逃げられないわ秋芳は本気だわでますますパニックを起こしてしまう俺に、秋芳の舌が追いうちをかけるように攻めてくる。

「なあ……彼女なんて、忘れろよ……」

キスの合間に、泣くのをこらえているような苦しげな声でささやかれる。

「もう、こんなの、耐えらんねえよ……」

「ん……、っ……」

熱い舌が俺の舌に絡んできて、その意外な舌触りのなめらかさに驚く。キスなんてしたことないのに、いきなりこんな深いキスをされて頭がショートする。口の粘膜の深いところまで舐められて、不覚にも快感を覚えた。男同士なのに、無理やりされているというのに気持ち悪くない。どころか身体が熱くなってきて、そんな自分の反応にとまどった。

粘膜の隅々まで舐められたと思ったら、唇を甘く吸われ、痺れるような快感が腰に突き抜けた。秋芳のキスは激しくて、うまく呼吸ができない。だが苦しさよりも快感が勝り、徐々に意識がぼんやりとしてくる。

なんでこんなことになったんだっけ……。

抵抗するつもりで彼の背にまわした腕は、いつのまにか縋《すが》りつくだけになっており、気がつけば着物の襟《えり》を広げられ、胸元を探られていた。

「ん……んっ」

乳首を指でつままれて、びくりと背筋が仰《の》け反る。すぐに硬く勃ちあがったそれを指の腹で捏ねまわされ、身悶えたくなる刺激を我慢できなくて腰がゆれてしまった。

秋芳が自分の股間を俺の中心に押しつけ、ゆったりとこするように刺激してくる。電車の振動でだって勃起できる年頃だ。そんなことをされたら俺の中心も簡単に反応してしまった。

他人に身をゆだねたことのない若い身体は快楽には勝てない。だが心では男同士でこんなこと、と混乱する。心と身体が分離して、拒否することも受け入れることもできずにいるうちに行為は先に進む。長いキスを終え、秋芳が俺の下着をおろす。俺の勃起したものが、秋芳の目の前に晒《さら》される。

「お、おい」

さすがに俺もぎょっとして、おろされた下着を引き戻そうとしたが、腕をつかまれてとめられた。

「あんたも興奮してるだろ。いいよな」

「よ、よくない」

「さわるだけだ」

「だけどな」

「あんたも男ならわかるだろ？　ここまできて、とめられると思うか？」

秋芳は俺に諭しながら自分の着物の裾をまくり、自分の猛《たけ》りを下着からとりだした。それは目を瞠《みは》るほどたくましく、がちがちに硬くなっていた。

「な……」

身体が大きい種族だ。そりゃあそこも大きいだろうが、でかすぎだ。見るんじゃなかった。あまりのものに、目をそらしたいのに逆に釘付けになった。

さわるだけと言われて前回とおなじように手で達かされるのかと思ったのだが、どうして秋芳も下着からだすんだ。本当にさわるだけなのかと一抹の心配を覚えていると、俺の不安を察したように秋芳が言う。

「挿れないから心配するな。俺を受け入れるのは嫌なんだろう？」

「だが、それ……」

「いっしょにしたいだけだ。本当は無理やり挿れちまいたいんだぜ。さわるぐらい許せ」

馬乗りになった秋芳が俺のものと自分のものを重ねて、いっしょに握った。すこし腰を揺らしながら、手でしごく。

「う……」

互いの先走りが混ざりあい、おうとつがこすれあって、声をあげたくなるほど気持ちがよかった。

大きく息を吸いながら目をあげると、秋芳と目があった。興奮して潤んだ瞳はすごく男っぽくて、それなのにどことなくやるせなさそうで、胸がじり、と焼けつくような色気を覚えた。

男に色気を覚えるなんて、俺、どうかしちまったんだろうか。

好きだ、とその目に訴えかけられているような気がして、俺は目をそらせなくなり、見つめ返した。

互いに見つめあったまま、呼吸を乱して高みへ登りつめる。秋芳の猛りと大きな手のひらによって快感を高められ、血流に乗って欲望が身体の中を流れて増幅していく。

秋芳も高まっているのだろう。こらえるように眉《まゆ》を寄せ、唇から熱い息をこぼしている。紅潮した頬が色っぽい。たぶん自分もおなじような表情をしているだろう。

熱い。重ねられている場所が溶けてひとつになりそうだ。ぐちゅぐちゅと水音が響いて、エロいことをされているのだと耳でも感じていやが上にも興奮してしまう。

ああもう、やばい。気持ちよすぎだ。達きそう。

達く瞬間だけ俺は顔を背けて目を瞑った。

「っ、達く……」

唇を噛みしめ、絶頂を迎える。俺のだしたものを秋芳は手のひらで受けとめると、そのぬめりを使って刺激を続け、まもなく彼も達した。

欲望を吐きだして興奮が収まってくると、部屋の静けさがいやに耳についた。

冷静さをとり戻した秋芳が気まずそうに身体を離し、汚れた下腹部を手拭いでふき、着物の乱れを直した。俺はそのあいだ天井を仰いで四肢を投げだしていた。

「すまん」

俺の横に正座した秋芳が頭を垂れた。

「また……無理やりさわっちまった」

いまさら反省されても、どんな顔をすればいいのか困る。

「謝るぐらいなら、初めからさわるなよ」

愛想なく言うと、秋芳の耳がこれ以上なく垂れた。

「頭に血がのぼって、我慢できなかった。俺、あんたを前にすると……だめなんだ。……俺……俺は」

秋芳はなにか言いかけたが、けっきょく言葉を途切れさせ、そのまま沈黙した。

沈黙がいたたまれなくて、俺は静かに起きあがった。

「風呂、沸いてるかな。身体を洗いたい」

「あ。見てくる」

秋芳がすばやく立ちあがって部屋を出ていき、俺はほっと息をついた。

また、襲われてしまった……。

無理やりされて、男のプライドを傷つけられた気持ちはある。だが気持ちよかったし、本音はそれほど嫌じゃないと思ってしまっているのも事実で、本気で怒れない。

団子の一件のときもそうだ。

あのとき、相手が秋芳じゃなかったら、自分はもっと警戒していたんじゃないのか。手の汚れなどかまわず、自分で団子をとろうとしたんじゃないのか。秋芳にだったらさわられてもいいという気持ちがあったから、不用意にとれと言えたのではないか……。

俺はいったいどうしたんだろう。こんなこと、普段だったら絶対に許さないし、受け入れられるはずがないのに。

もし襲ってきた相手が日本の友だちだったらと想像してみると、一瞬にして気色悪くて総毛立つ。あいつらとキスするだなんて、罰ゲームだって冗談じゃない。

なのに、秋芳とのキスは……嫌じゃなかった。

嫌だとか感じる前に気持ちよくさせられたからなんだろうか。

秋芳の本気を感じられるから、強く拒否できないんだろうか。

だが、相手が本気ならばなおさら、拒むべきじゃないのか。俺はここに留《とど》まるつもりはないんだ。

「……キス……あれはやっぱり童貞じゃないよな……」

気づきたくなかったが、俺、いまのがファーストキスだったんだよなあ。

「ファーストキスが男とかよ……」

男とキスなんてがっかりだと思うのに、秋芳とのキスは嫌じゃなかった。それはどうしてかと考えてみると、気持ちよかったせいだという理由がすぐに思い浮かぶが、秋芳じゃなかったら気持ちよく感じていただろうかという疑問もまた沸き起こる。

「キスがうまかったからだよな……」

初めてだからうまい下手なんてよくわからないが、うまかったせいだと思い込もうとしてみる。だがそれだけでは片付けられない感情が見え隠れしているような気がした。

性別とか、そんなことにとらわれずに考えてみたら、これは――。

「……そんなわけ、ない。あいつは友だちだ」

ふいに意識の表層に現れそうになった新たな感情に不安を覚え、俺はとっさに抑え込んだ。それと同時に「友だち」と呼ぶのにもなんだかしっくりこないものを感じた。いままでずっと、あいつのことをいいやつだと思ってきたが、友だちと思ったことってなかったかもしれない。

――じゃあ、あいつは俺にとってなんだ。

「…………」

突き詰める勇気がなくて、俺は意識をほかへむけた。

秋芳のキスの感覚がいまだに唇に残っていて、自分でふれてみる。あー、俺って意外と唇やわらかいんだな、とか、どうでもいいことを思う。

気持ちが散漫だ。

異世界での不安と混乱とはべつのところで、自分の中でなにかが乱れはじめているのを感じた。

八

その夜は秋芳は部屋にやってこなかった。気が咎《とが》めたのかもしれないと思ったが、翌日にはいつもの調子で陽気な顔を見せた。

「おまえ……本当に反省してるのか？」

「してるしてる」

こいつはこれだから。呆れたため息をつきつつ、俺もこれまでどおりの態度をとった。心の中ではそのことを安堵《あんど》する気持ちと、すっきりしないものが混在していたが、自分でも理由がわからなかった。

すっきりしないのはなぜかと自分の心を探ってみるが、もっと謝ってほしいとか、そういうことじゃないと思う。たぶん。

単純で単細胞で物事を深く考えないたちの俺は、自分の気持ちがわからないなんてことはいままでなかった。悩みごとも長続きしないし、なにか悩んだとしても座禅を組んでしばらくすれば、たいがいは気持ちを整理できた。それなのに、今回はいくら座禅を組んでももやもやは変わらない。苛々《いらいら》するというほどじゃないが、指先にできたささくれが気になるときのような感じとでも言おうか、落ち着かない。

泰英に話してみたらはっきりするかと思ったりもしたが、やめた。泰英にはこれまでは気軽にいつでも会えたのだが、髭剃り事件以降、王の同席がなくては面会が難しくなっていた。王がいれば面会は可能なので、ほぼ毎日会ってはいるけれども、男に襲われたなんて話は同胞ということで気を許している泰英にだったら打ち明けられるが、王にまで聞かれるのは気が引ける。襲った相手は王の弟なんだもんな。

もやもやした気持ちを抱えながら数日が過ぎたその日の昼間、評議場のほうで騒ぎがあった。いつもの時間に昼食が届かず、世話係が忙しいのだろうかと部屋を出て廊下をふらついていたとき、「部屋へ！」「意識は！」などと叫ぶ人々の声が聞こえた。慌しく人が廊下を走る音も聞こえ、なにがあったのだろうと野次馬根性でそちらへ足を運ぼうとしたとき、俺の世話係とばったり行きあった。

中年の執事のような世話係は食膳《しょくぜん》をたずさえていて、俺の部屋へ運ぶところだったらしい。

「お待たせして申しわけありません。お食事ができましたので、ただいまお部屋へお持ちいたします」

「ありがとうございます。ところで、むこうでなにかあったんですかね」

騒ぎが聞こえた方角を見ながら尋ねると、世話係もそちらへ視線をむける。

「先ほどすれ違いましたが、どうも、秋芳殿が評議場で倒れたらしいです」

その名を聞いて、俺の呼吸がとまった。

倒れた、だと？　あの頑丈な男が？

「秋芳が？　どうして」

「さあ……。お部屋へ運ばれていったようですから、様子を聞きに行ってまいります」

「いや、いいです。自分で行きます」

断りながらそちらへむかう。

「あ、式神……」

「食事は部屋に置いておいてください。あとで食べますから」

「や、しかし。少々お待ちください。私もお供いたします」

「ひとりでだいじょうぶです」

秋芳の部屋の場所は知っている。世話係は俺が行くことでよけいな混乱を招くことを心配したのかもしれないが、かまっていられなかった。気づいたときには廊下を走りだしていた。

秋芳の部屋までくると、入り口に評議衆が数人いて中の様子を心配そうに窺《うかが》っていたが、俺に気づいてよけてくれた。

中へ入ると、八畳ほどの部屋の中央に布団が敷かれ、具合が悪そうな秋芳が横たわっていた。その横に評議衆の田平《たへい》が膝をついている。

「では、本当によいのだな。医師を呼ばなくて」

「ああ。だいじょうぶだ」

秋芳はひたいに脂汗を滲《にじ》ませて苦しげな顔をしているのに、だいじょうぶだと言う。その様子を目《ま》の当たりにしていたというのに田平は立ちあがり、退室する様子を見せた。そして背後に俺がいることに気づいてぎょっとする。

「これは、式神」

「おい、秋芳。どうしたんだ」

俺は秋芳の枕元へ近寄った。すると秋芳は俺を見て、嫌そうに眉をしかめ、顔を背けた。そんな拒否反応を示されるとは予想外だった。よほど具合が悪いのだろうか。

「おい」

呼びかけても返事がない。しかたなく俺は横にいた田平を見あげた。

「どこが悪いんです」

尋ねても、こちらも困ったような顔をするばかりだ。俺は苛々して重ねて尋ねた。

「具合が悪そうなのに、医者に診せなくてだいじょうぶなんですか」

「はあ……」

一刻を争うような病気だったらどうするんだ。どうしてこんなにぐずぐずしているんだ。もしかして発展途上の国だから、病気に対する対応も未発達で、まともな処置ができないのだろうか。

「医者を呼んでください」

俺が苛立って強く言うと、秋芳が制するように軽く手をあげた。

「いいんだ。医者は要らないと、俺が断った」

「どうして」

「原因はわかってる」

「原因ってなんだ。なんの病気だ。寝てれば治まるのか」

秋芳が黙る。

「おい、秋芳。なんで黙るんだよ」

秋芳の代わりに、田平が見かねたように答えた。

「秋芳殿が言うには、式神との連日の交わりのせいだと」

「……え？」

「口にするのも憚《はばか》られるような特殊な交わりの仕方を連日強要されているので、身体に支障が出たと……詳細は恥ずかしくて我らには言えないが、休めば治るということなので……」

俺はあんぐりと口を開けて田平を見つめた。それから秋芳へ顔を戻し、わめいた。

「ま、ま、交わりって、おまえ……っ」

とんでもないことを言いふらしやがって。顔から湯気が出そうだ。

「田平殿、みんなも、席をはずしてくれ」

秋芳の声に、みんなが引きあげる。

「わかった。……式神、どうかほどほどに……くれぐれも頼みますよ」

秋芳殿をこんなにするだなんて、神の性欲は恐ろしいのう、などとささやきあいながら男たちは帰っていき、一間だけの狭い部屋には俺と秋芳のふたりだけになった。

「秋芳、どういうことだよっ。いつ俺が妙なことを強要したよっ」

「ああでも言わなきゃ、しかたなかったんだよ」

秋芳がため息をつく。

「本当はあんたと交わってないってことがばれたら、たぶん、俺じゃないべつの男にもてなし役が替わるだろう。もしかしたら複数の男になるかもしれんし。そんなの、あんただって嫌だろ」

「おまえの具合が悪いのとそれがどんな関係が……ていうか、おまえ、本当に具合はだいじょうぶなのか。倒れたんだろう?」

「心配してくれてるなら――」

秋芳のまなざしが、ふいに真剣に見あげてきた。思いつめたような光がかいま見えて、ただごとではないと俺は息を詰めた。しかし秋芳は言葉の続きを呑み込み、「いや」と呟いて濁してしまう。

「——いまはちょっと、本気で辛いんだ。あんたも出ていってくれねえかな」

「どういうことだよ。ごまかさずに教えてくれ。深刻な病気なのか」

こんなに気にかかるのに、出ていけるわけがない。布団から出ている男の腕にふれると、秋芳が耐えるようにぎゅっと目を瞑った。

「病気じゃない。そんなことじゃないんだ」

「だったら、なんだ。なんで辛いんだよ」

彼の唇から、もういちど深いため息が漏れる。

「あんたにこんなこと言いたくなかったんだが……」

言いよどむような間を置いて、秋芳が俺とは反対側へ顔をむけ、ぽつりと続けた。

「溜《た》まってるんだよ」

「へ？」

「したくてたまらない。ただそれだけだ」

「したくてって……まさか」

「交わりだよ」

俺はぽかんとして秋芳の汗ばんだ横顔を眺めた。

セックスをしたくて倒れただと？　倒れるほど溜まっていただと？

そんなやつ、いるか？　聞いたことないぞ。

「でも、このあいだ……したじゃないか」

数日前の髭剃り事件のとき、身体を繋《つな》げたわけじゃないが、秋芳も吐精していたはずだ。

俺はあのとき達かされてから今日まで自己処理していないが、まったく問題ないぞ。

「あんなのじゃ、全然足りない」

秋芳が首をふった。

「……自分で処理してないのか」

「してるさ。だが、だめなんだ」

「どうして」

俺の疑問に、逆に秋芳が驚いたように顔をむけた。ややして、

「そうか……」

とひとりで納得したように呟く。

「あんたはしなくても問題ないんだもんな。知らなかったか……。あのな、俺たち一族にとって、交わりは酒や食事を絶つよりも難しいんだ」

秋芳の説明によると、なんでもウサ耳族は性欲旺盛《おうせい》で、いちどのエッチで十回は射精するほどなんだそうだ。俺たちぐらいの年頃の健康な男ならば時間さえあれば二十回ぐらいはふつうにするもので、老人だって一日いちどはするとか。相手は特別決まった相手でなくとも乱交し、戸外でも奔放にしちゃうものらしい。

「まじか」

この国の人たちは俺のことを変態だの淫乱《いんらん》だの散々言ってたくせに、自分たちのほうがよっぽど乱れてるじゃないか。

説明を聞いて呆れた反面、ことわざにつけなににつけ、三百六十度全方向全力でエロへもっていかれることに、妙に納得できてしまった。

「俺も、あんたが来る前は、ちょっと気に入った相手がいれば気軽にしてた。だが、あんたと会ってからは、してねえんだ。だから、辛い」

「どうして。もてなし役はほかと交わっちゃいけない決まりがあるとか？」

「そうじゃない」

秋芳の山賊じみた瞳が、傷ついたように陰った。

「……ほかの相手としてたら、あんたと交わってないことがばれるじゃないか」

「ああ、そうか……」

俺はものすごい淫乱の変態と思われているのだ。それに毎晩つきあっているはずの秋芳の元気があり余っていたら変に思われるかもしれない。

秋芳が先ほど、田平にあんな言いわけをしたのは、溜まってて倒れたと知られたら交わっていないことがばれるためだというわけだ。

「それに……あんたと出会ってから、誰とも交わりたいと思えなくなっちまったんだ。どれほど溜まってても」

　苦しげに、ひそやかな声で告げられる。

「あんた以外、な」

　俺の手は、秋芳の腕にふれたままだった。その手に、秋芳の手が重ねられた。

「勇輝」

　名を呼ばれ、心臓がどくりと跳ねた。

「もう、限界だ」

「なに、が」

「あんたには大事な人がいるってわかってる。だからずっと、諦めようと思ってきた。毎日、会うたびに、あんたを想うごとに、諦めなきゃってくり返し自分に言い聞かせて抑えてきた。でも、もう無理だ。気持ちを抑え続けるのに耐えられない」

　苦しげに眉を寄せて秋芳が想いを語る。甘く苦しげに輝く瞳から俺への情熱がほとばしっていた。

「——俺、あんたが好きなんだ」

　まっすぐに、熱く口説かれた。

「俺はあんたを抱きたい。あんた以外とは、交わる気になれないんだ」

　俺の手に重ねられた大きな手のひらに力がこもる。

「俺に抱かれたくないのはわかってる。だから、無理強いするつもりはないんだ。まあ、ちっと強引にさわったりしちまったけど、それ以上は耐えてきた。めちゃくちゃ抱きたいけど、それ以上に、勇輝を大事に思ってる」

「……どう、しろと」

「だからさ。応えられないなら、出ていってくれ。とりあえず自己処理すれば、すこしは落ち着くだろ」

秋芳が冗談を言うときのように軽く笑う。しかしどこか痛々しくて、見ていられなかった。

出ていけと言いながら、俺の手を握る大きな手は離そうとしない。

秋芳のことはいいやつだと思っている。会うたびに好感を覚えている。だが、抱かれるのは……ためらう。

男同士だということもあるが、明後日《あさって》は満月なのである。

つまり、日本への道が開くかもしれない日だ。

帰るかもしれないのに、この地の人間と踏み込んだ関係になるのは、いいことだと思えなかった。

「ちょっと……考えさせてくれ」

俺が立ちあがろうと身じろぎすると、秋芳はすこしだけせつなそうに俺を見つめ、それからゆっくりと手を離した。

俺は無言で立ちあがり、部屋をあとにした。

廊下を歩きながら、秋芳の告白を思い返していた。

なぜか胸がどきどきしていて、胸元を手で押さえた。

男に好きだと告げられたのに、不快じゃなかった。以前から彼の気持ちに気づいていたためでもあるだろうが……それにしても。

落ち着かない。もちろん嬉しいわけじゃない。そうじゃなく、困った、という気持ちが強い。

「受け入れるつもりはないのに……」

秋芳が相手だと、調子が狂う。

先日無理やり達かされたときもそうだ。ほかの男だったら虫唾《むしず》が走るほどの嫌悪感で、勃起することすらなかったと思う。

日本の友だちにマジ告白されても、やっぱり拒否するだろうし、距離を置きたくなりそうだ。

だが、秋芳だと……。

秋芳が倒れたと聞いたとき、頭が真っ白になった。秋芳、と、心の中で叫んでいた。ただの友だちだったら、ここまで我を忘れただろうか。

俺は……。

俺も、あいつが好きなのか……？

「いや……、でも……俺もあいつも、男なのに……」

そんなばかなと頭をふる。

俺が男を好きだなんて。それも異人種の大男を。そんなこと、あるはずがない。

「あるはずがないじゃないか」

自分に言いきかせるように、強めに口にした。

いいやつだと思っていて、身体をさわられても嫌じゃなくて、告白されてどきどきしてるだなんて、答えは明白じゃないかと、本当はわかってる。だけどそれを認めちゃいけない気がするんだ。

男が好きだなんて、ふつうじゃない。

いまなら気の迷いということで、踏みとどまれる。なにも考えずに、部屋へ戻ったら座禅を組もう。

そう考えて部屋へ戻ると、世話係が待機していた。

「いかがいたしました。赤いお顔をして」

「あ……うん」

俺は頬をさすりながら、世話係の厳格そうな顔を見返した。

「あのさ。ここの人たちって、決まった相手でなくて、誰とでも交わるって聞いたんだけど、そうなんですか」

世話係が小首を傾《かし》げる。

「好みや相性がありますから、誰とでもというわけにはまいりませんが、神のように決まった相手ひとりだけということはありませんね。私などは常時三、四人おりますかね。すくないほうです」

平然とそんな答えを返されて、俺は頭を抱えたくなった。

「そ、そうなんだ……」

「なぜそんなことを……はっ、まさか秋芳殿に飽き足らず、私の耳にも興味をっ……？」

「いや、違いますから」

ここでは乱交があたりまえで、ちょっといいなと思ったらすぐにしてしまうというのは本当らしい。

そんな種族だというのに、秋芳は俺以外とはできないという。

俺以外とはしたくないと。

しかもその俺が拒んでるから、欲求をずっと耐えて……。

相手が俺だけと限定されても、性欲は変わらずあるんだろうから、そりゃ辛いだろう。

「式神？」

すわろうとしない俺に世話係がふしぎそうな目をむける。

「……ちょっと、もういちど出かけてきます……」

迷い、ためらいながらも俺は踵を返していた。

秋芳の部屋の戸口まで戻り、立ちどまる。

抱かれることはできなくても、手を貸してやることぐらいはできるんじゃないかと思ったのだ。

秋芳を助けられるのは俺だけなんだ。

俺のせいで苦しんでいると知っているのに放っておくのは、こちらも苦しい。

文字通り、片手を貸すだけ。だが、そんなことを申し出たら襲われるだろうか。

迷いながらも扉を叩こうとしたとき、中から秋芳の声がかすかに漏れ聞こえた。

「――勇輝……」

かすれた、せつなげな声。

俺がここにいるのに気づいたためじゃないだろう。もしかしたら昂ぶった身体を鎮めているところなのかもしれない。

俺の名を呼びながら。

「……っ」

俺は頬が熱くなるのを感じながら、その場から離れた。

頬といわず耳も首も、全身を熱くさせながら、逃げるように部屋へ戻った。

――どうしよう。

「俺……やっぱり……好き、なのか……？」

動揺しているだけでなく。同情でもなく。

俺は秋芳のことが好きなのかもしれない。

そう思ったら、ひときわ大きく心臓が震えた。

駆け足のように脈拍が速まり、苦しさに胸元を手で押さえた。焦燥のような感情を覚えて、着物を強く握りしめ、眉を寄せる。

でも、だけど……だめだ。

よけいなことを考えるな。

「俺……帰るって決めたんだ……」

いずれにせよ、俺は日本に帰らなきゃいけない。たとえ好きだとしても、いずれ去る地に暮らす相手と想いを通わせるわけにはいかないんだ。

九

ついに待ち望んでいた満月の日がやってきた。

今度は雨もなく快晴で、王の許可も出た。

そわそわして落ち着かない。泰英にあいさつに行かねばと思っていると、むこうから来てくれた。もちろん王もいっしょで、居間で対面する。

「那須くん。今夜だね」

「はい。いろいろとお世話になりました」

俺は正座をし、深々とお辞儀をした。

「こっちこそ。那須くんが来てくれて楽しかったよ。俺の気持ちをわかってくれる人がいてくれて、本当に嬉しかった」

泰英はにこりと微笑《ほほえ》み、ところで、と口調を改めた。

「きみにお願いがあるんだ」

懐からとりだした封筒を畳に置き、俺に差しだす。

「日本に戻れたら、これをポストに投函《とうかん》してほしいんだ」

封筒に切手は貼られていない。宛先《あてさき》を見ると、以前聞いた、泰英の実家の県名が書かれていた。宛名も稲葉だ。

「父にね、元気で暮らしてるって知らせたいかなと思って」

俺はそれを大事に受けとった。

「ポストじゃなくて、直接渡します。稲葉さんは元気だと、会って話します」

「でも……、いいのかい？」

「はい」

「どこにいるのかとかつっこまれるかもしれないし、面倒だよ？」

「その辺は適当に、うまくやります」

「俺、日本円持ってないから、旅費も渡せないし。遠いのに」

「そんな水臭いことは言わないでください」

「そう……じゃあ、お言葉に甘えようかな。会ってくれるなら、きみのことについての説明を手紙に加えとこう。それから駅からの地図を描くよ」

泰英は遠慮してためらっていたが、俺がきっぱりと請け負うと、嬉しそうに世話係に筆記用具を頼み、書きはじめた。

地図を渡され、説明を聞き終えると、泰英が言う。

「那須くん、悪いんだけど、俺は海辺まで見送りに行けないんだ。俺も間違って日本へ戻ったりしないかと心配されて」

そうだろうなあ。俺は泰英のとなりにいる王の存在を意識しつつ頷《うなず》いた。

「でも隆俊くんや評議衆の何人かは、見送りに行く予定だよ。屋敷を出るのはいつ頃にする？日没後でいいかな」

「そうですね。月が出るにはまだ早いですし」

「じゃあ、またその頃にくるよ」

ふたりが帰っていくと、俺はここへ来たときに着ていたカットソーとデニムに着替え、部屋で使った生活道具などもきちんとまとめ、帰る準備を整えた。

時間はだいぶある。

世話係や世話になった面々へのあいさつも済んでいる。だが秋芳とは、まだ顔をあわせていなかった。

昨日も会っていない。

このまま別れることになるのか。

最後にひと目、顔を見たかったと思う。

「……なんでこない」

なぜこないかなんて、わかってる。

こちらから会いに行こうか……。

あの男の面影が脳裏に浮かぶと、胸が落ち着かなくなり、ぎゅっとこぶしを握った。

最後に、会いたい。

だが、会ったら……。

帰りたくなるのではないか。そんな予感に襲われ、動けない。

この地で知りあった男で、親しくなった。

男同士なのだから秋芳は友だちだ。友だちと最後のあいさつをせずに別れるのは寂しいことだ。だから最後に会いたいと思うこの気持ちはおかしなことじゃないと思い込もうとしたが、無駄なあがきだった。

この気持ちは友だちなんてカテゴリーでは収まりきらない。

いつからそんなことになっていたんだか。はっきりと気づいたのは秋芳が倒れたときだ。だがその前からすこしずつ、あの男に心を侵食されていたのだろう。

「でも……」

気づいたからといって、どうなるものでもないのだ。

俺も彼も男で不毛な上、想いを告げたところで今夜には俺は日本へ帰る。

会わないほうがいいのかもしれない。そんな結論に腹が決まりかけたとき、秋芳がふらりとやってきた。

大きくて縁の赤い印象的な瞳。剛胆そうな口元。雄々しい顔に真摯な表情を乗せていた。最後にひと目会いたいと思っていたその顔を目にすると、心臓がぎゅっと絞られるように苦しくなり、決意が鈍りそうになった。

「秋芳……」

俺は居間の中央で、立ったまま出迎えた。彼は室内へ足を踏み入れると俺から二メートルほどの距離で立ちどまり、カットソーにデニムという格好に視線を走らせて顔をこわばらせた。それから思いつめた表情で俺を見つめた。

帰る前に顔を見れてよかったのか、それともやっぱり会うべきじゃなかったのか。心を乱していると、しばらく俺の顔を見つめていた秋芳が口を開いた。

「今夜、帰るんだな」

いつも以上に低い声は感情を無理やり抑え込んでいるような響きがあった。

「ああ。必ず帰れるかわからないけど」

「もう、戻ってこないつもりなんだよな」

「……ああ」

「もう、二度と……」

「……そうだ」

「……彼女が待ってるんだもんな……」

俺もありったけの理性をかき集めて淡々と答えたが、こらえきれなくて俯いた。そのまま深く頭を下げて、お辞儀をしたようなそぶりでごまかす。

俺の気持ちは知らせないほうがいい。本当は彼女なんていないことも。

知られたら、よけい別れが辛くなるだけだ。

秋芳も、俺に相手にされなかったのだと信じてくれたほうが、諦めがつくだろう。俺の気持ちを知ったら、いつまでも未練を残してしまうかもしれない。

「秋芳には、いろいろと世話になった。ありがとう。日本へ戻っても、おまえのことは忘れないから」

秋芳のこぶしがぎゅっと握り締められたのが視界の端に映った。

「……帰る前に、ひとつ、頼まれてくれないか」

「なんだ」

顔をあげると、いっきに距離を縮めて目の前までやってきた男に肩をつかまれた。反射的に身を引きかけたが、強引に抱き締められる。

「……思い出をくれ」

なにを、と問うまもなく唇を塞《ふさ》がれた。しょっぱなからめまいがしそうなほど熱く激しいキスで、俺はおもわず男の背に縋りついた。

するとキスがますます深くなり、唇を貪《むさぼ》られる。

「勇輝」

長いキスが終わると、苦しげに告げられた。

「好きなんだ……」

心臓が、どくりと震えた。

「あんたは俺のことなんか忘れてくれてかまわない。だが、俺は忘れたくないんだ。勝手なことを言っているのはわかっている。だが……頼む……どうしても、諦められない」

俺を抱きたいのだと、その熱っぽいまなざしが訴えている。

男の凜々《りり》しい顔が近づき、ふたたび唇を重ねられた。そっと重ねるだけのキスは許しを請うように優しく、先ほどのような強引さはかけらもない。顔を背ければ拒めるキスだった。

それなのに俺は拒否せず黙って受け入れていた。

唇を甘く吸われ、口を緩く開くと、男の厚めの舌が中に入ってきた。俺も舌を伸ばして相手のそれに絡めてやったら、突如として興奮したように深く絡められ、同時に苦しいほど強く抱き締められた。

俺も興奮し、与えられる快感に夢中になっていると、抱擁が緩み、カットソーの裾を捲《めく》りあげられる。秋芳は先に進む気でいる。俺はとっさにその腕をとめようとしたが、

「勇輝……」

と、キスの合間にせつなげに名を呼ばれ、抵抗しようとした手がとまる。

この男はこんなふうに肝心なときだけ名を呼ぶのだからずるい。俺は言霊《ことだま》に呪縛《じゅばく》されたかのように動けなくなる。

「っ……」

腰の辺りをじかにふれられ、得体の知れない興奮で身体が震えた。

俺は秋芳の腕をつかんでいるが、それは抵抗しているわけでも縋っているわけでもない。拒みたいのか望んでいるのか自分でもわからず、巧みなキスに流されているうちに立っていられなくなり、ずるずると崩れていくと、それにあわせて秋芳も膝をつき、キスを続けたまま俺をそっと押し倒した。

カットソーを胸元まで捲られ、乳首を指でつままれる。びくりと反応すると、秋芳の唇がおりていき、もう一方を舐められた。

身悶えするような気持ちよさに、声があがりそうになり、歯を食いしばる。

「……っ、それ、やめろ……っ」

迷いは残っているが、拒む気はなかば失《う》せていた。好きだと自覚した男にふれられて、嬉しくないわけがない。だが受け入れるとしても、そこをいじられるのは嫌だった。自分の身体がそこで感じてしまうと知ってしまったせいだ。乳首を舐められて喘いで腰をくねらすなんて、男として恥ずかしい。

「どうしてだ。気持ちよくないか?」

勃ちあがった乳首に舌を這わせたまま喋《しゃべ》られ、強い快感が沸き起こる。

「すごく硬く勃ってて、気持ちよさそうだが」

「……っ」

「下も、硬くなってる」

中心を、デニムの上からさわられた。そこは指摘されたとおり、キスと乳首への刺激だけで兆していて、図星を指された恥ずかしさで頬が熱くなる。

秋芳が俺の快感をさらに引きだそうとして乳首に吸いつく。喘ぎ声が喉元《のどもと》まで出掛かって、俺はたくましい肩を押した。

「やめろって」

「でも」

「だから……っ、するなら、さっさとしろ……って言ってるんだ」

ほとんどヤケクソな気分で吐き捨てたら、秋芳がはっとしたように顔をあげた。

「いいのか」

「嫌だと言っても、する気だろ」

俺の気が変わらないうちに、という感じで、秋芳が急いでデニムに手をかけた。しかし脱がせ方がわからないようでもたもたしている。

「なあ勇輝、これ……どこをいじればいいんだ」

しかたないので俺は恥ずかしさをこらえつつ、自らボタンをはずし、ジッパーをおろした。襲われてるのに自分で脱ぐってなんだよ、襲うなら最後までしっかり襲ってくれよと、頭がぐるぐるしそうになりながらつっ込みを入れていると、秋芳にデニムと下着をいっしょにおろされた。

それから秋芳も自分の着物と下着を脱ぎ、裸体を晒した。男として羨《うらや》ましくなるほどたくましくて均整のとれた肉体。後ろ姿は見たことがあるが、乳首のない胸をまともに見るのはこれが初めてで、ものめずらしくてじろじろと観察したくなったが、腹につくほど反り返った雄々しい猛りもいっしょに目に入ってきてしまい、慌てて目をそらした。横をむいた際、尻尾がちらりと見えたんだが、それはちぎれんばかりに激しく左右にふられていた。たしかそれほど動かないって話だったが……それほど俺とすることに興奮しているのかと思ったら、こちらも興奮が増し、心臓が口から転がり出そうになる。

秋芳は脱いだ着物のたもとから小瓶《こびん》をとりだし、その中身を手に掬《すく》っている。なにをするつもりだろうと不安になる。

するならしろ、などといきおいで言ってしまったが、秋芳はどこまでするつもりだろうか。このあいだみたいにいっしょにこすりあって達ったら終わり……ってことはないよなあ。やっぱり後ろで繋がるつもりだよなあ。いいのか俺。

興奮した身体をさらして待っているのが恥ずかしくて、捲られたカットソーを下へおろそうとしたが、そんな時間もなく秋芳がふたたび俺の上に覆いかぶさってきた。

「秋芳……俺、男としたことないの、わかってるよな。……無茶はしないでくれよ」

男どころか女の子ともしたことないけど。

おなじ男なのに。俺には男と抱きあう趣味はなかったのに、この男を受け入れようとしている自分が信じられない。

「ああ。優しくする。軟膏《なんこう》を使うから……」

秋芳が右手にとった軟膏状のものを見せる。俺を抱くつもりで持ってきたらしい。その手が俺の脚のあいだから、後ろを探ってきた。

「ちと、冷たいぞ」

入り口に、ぬるりとした感触。俺の指よりも太い指にそこの表面をまさぐられ、盛大に不安を覚えた。

やっぱり、早まったかな……。

そんな迷いが胸に湧いた瞬間、太い指が一本、中に入ってきた。指は遠慮も迷いもなく、ずず、と奥まで潜り込んでくる。

「……っ」

う……わ……。

覚悟していたにもかかわらず、身体の中に指が入ってくる感触に、衝撃に近い驚きを覚えた。

痛くはない。けれどなんとも言いようのない異物感に息がとまる。

「狭いな……」

俺の様子を見ながら、秋芳の指がゆっくりと動きはじめる。

「息して、力抜いてくれ」

言われたとおりに息を吸い込むと、二本目の指が入ってきた。きつい。本当にこんな場所で繋がれるんだろうか。

「なあ、やっぱ……、っ……あ……？」

抜いてくれと頼もうとしたとき、中の粘膜がじわりと熱く感じた。熱いだけではない。疼くような快感も生じ、それがまたたくまに全体に広がっていく。

俺の反応の変化に、秋芳が問いかける。

「効いてきたか」

「なにが……」

「中に塗った軟膏な、ちっと、気持ちよくなる薬が混ざってるんだ」

「な……、あ……っ」

くちゅくちゅと抜き差しされて、軟膏を塗り広げられる。即効性のものらしく、塗ったばかりだというのにそこは急速に熱を帯び、快感で蕩けた。

「秋芳……、これ、だめだ……っ」

なにがだめなのか、自分で言っていることがわからなかった。強制的に与えられる快感にうろたえ、我を忘れて目の前の太い腕にしがみつく。

「だいじょうぶだろ……中、すごく柔らかくなってきてる」

「う……っ、……っ」

三本目の指が入ってきても、きついとは感じなかった。それよりも、もっとたしかな刺激がほしくて腰が揺れてしまう。

秋芳はすぐに俺と繋がろうとするかと思いきや、長い時間をかけてそこをほぐした。

「勇輝……勇輝……」

熱に浮かされるように名を呼ばれ、身体の奥をいじられる。

まるで焦《じ》らされているような気分になるほど丁寧に広げられ、息も絶え絶えになる頃、ようやく指が引き抜かれた。

秋芳がいったん身を起こし、俺の両脚を開く。軟膏を使われる前だったら、緊張と羞恥《しゅうち》で、脚を開かれるのなんて抵抗しただろう。すくなくとも力が入っていたはずだ。だが妙な薬を使ってそこを散々いじられた俺は、早くどうにかしてほしくて抵抗心や羞恥心など擦り切れていた。

秋芳の猛りをそこに挿れられたら、きっとこの疼きは解消するのだろう。そう信じて、男

のそれへ視線を注いだ。

興奮しきった大きなそれが、入り口にあてがわれる。互いの息をあわせるようにして、中に入ってきた。

粘膜が広げられる。熱く硬い楔《くさび》は予想以上のたくましさで俺を貫いていく。

「……っ、く」

信じられないほど奥まで嵌《は》められ、呼吸が苦しい。しかし圧迫感や衝撃よりも快感が勝った。

男同士で無理やりだったとき、『掘られた』なんて言葉を耳にする。だが、気持ちの違いだろうか。『繋がった』という言葉がしっくりきた。

「は……きついな。だいじょうぶか」

荒い息を吐きながら、秋芳が俺の顔を覗き込む。

「……平気、だ」

「動いていいか」

本当はすぐに動きたいだろうに、せっぱ詰まった顔をしながらも、俺の様子を窺う男に愛《いと》しさを覚えた。そんな想いは胸の奥にしまい、俺は「ああ」と淡々と頷く。

「勇輝……」

秋芳が熱く切なくささやきながら、ゆっくりと腰を揺する。ごつごつした猛りで柔らかな粘膜をこすられると、まぶたの裏に火花が飛び散るほどの快感が沸き起こった。指では届かなかった奥の、とある部分がとくに気持ちがよくて、秋芳の先端がそこに当たるように、腰をくねらせてしまうのをとめられない。

「ここ、いいのか」

当然秋芳が俺の動きに気づき、それにあわせて角度を調整してきた。ポイントをダイレクトに抉《えぐ》られる。とたんに身体中の血液が沸騰し、快感物質を運んで駆け巡り指先にまで充《み》ち満ちる。

「ん……、う……っ」

いっきに身体が燃えあがり、声を必死に我慢しても、あまりの快感に喉から声が漏れてしまう。

「勇輝……」

男同士なのに。男を受け入れている不快感は微塵もなく、快感が全身を支配する。秋芳の腰使いが次第に情熱的なものとなり、それにあわせて俺の快楽も深くなる。

男の呼び声にせつなさを覚えたが、それもいつしか愉悦の波に飲み込まれ、俺は欲望のままに男の熱を貪った。

「勇輝。その……動けるか？」

寝室の布団の上でうつぶせに寝込む俺の横で、正座をする秋芳が遠慮がちに問いかけた。

「……無理」

秋芳とのセックスは想像を超えたハードさだった。居間の畳ではじまり、いちど達ったら終わるかと思いきや、寝室へ場所を移して二度も三度も続いた。

俺もやってるときは気持ちよかったから文句を言いたかないが、初心者にあれはどうなんだというぐらい情熱をぶつけられ、いまの俺は足腰が立たない。いや、まじで下半身に力が入らねえ。健康と体力には自信があったのに、こんなことになるだなんて自分自身が一番驚いている。

俺はこんななのに秋芳はいたって元気なのがまた悔しい。

「服、着ないと」

秋芳は着物を着ているが、俺は動けないのでまだ裸だ。だが陽が落ちたので、そろそろ泰英が来るかもしれない。

居間で脱ぎ散らかした服をとりに行きたいが、やっぱり動けない。精魂すべて吸い尽くされて剥製《はくせい》にでもなった気分だ。

けっきょく秋芳がとってきてくれて、着せてくれた。

「すまん……手加減したつもりなんだが」

秋芳のウサ耳が申しわけなさそうにしおれている。

あれで手加減かよ。ウサ耳族の若者はいちどに二十回はするほど性欲旺盛なのだと聞いていたが、どうやら誇張じゃなさそうだ。

泰英は毎晩王としてるんだよなあ。

「……なんかわかったかも」

泰英がよく寝込んでいるのは身体が病弱なわけではなく、こういう理由だったのかも……。

しかしどうするか。こんな状態じゃ、とても歩けねえよ。

これから海辺へ行かなきゃいけないのに。今回は見送るしかないんだろうか。

なかば諦めかけていたところに、泰英と王がやってきた。

「あれ、那須くん、どうしたんだ」

「それが、その」

俺も秋芳も口ごもって視線を泳がせる。顔色はいいのに乱れた布団から起きられない俺の様子に、泰英も身に覚えがあるためか、言わずとも察してくれた。

「ええと……歩けそうにない感じ、かな？」

「ちょっと……無理っぽいです」

「すこし休んだら回復するかな。でも休んでるあいだにウサギが現れちゃったらなあ……」

うーんと悩む泰英のとなりで、王が言う。

「浜辺で休みながら待っていればいいのでは。秋芳。連れていってやれ」

「あ、いや、俺は……」

王の命令に、秋芳がめずらしくためらった。

「見送らないのか?」

「俺はここで……」

彼は俺のほうを見ず、唇を噛んで俯く。正座した膝の上に置かれたこぶしが握られた。

「ならば私が連れていこう」

王が表情も変えずに言い、俺に近づいてひょいと抱えあげた。

「え、あの」

「式神には兎神の親書を月に持って帰ってもらわねばならない」

お姫さま抱っこである。王の均整のとれた、だがちょっと近寄り難い印象を受ける凜々しい顔が目の前にあり、恐縮してしまう。

「あ、そうだ。手紙を」

部屋の隅の文机《ふづくえ》に置いていた封筒へ視線をむけると、秋芳がとってきてくれた。無言で差しだされ、俺も無言で受けとる。手を差しだしたときに、ちょっとだけ指先がふれた。

じっと見つめてくる瞳がせつなくて、数秒、見つめあった。

秋芳は海まで見送りに来ないという。ここでお別れだ。

最後に別れの言葉を言うべきかとも思ったが、ひとつの言葉しか思い浮かばず、しかしそれはいまさら口にできなくて、けっきょくなにも言えずに俺は目を伏せた。

「では、兎神。行ってまいります」

王が泰英をふり返る。

「あなたは先に家へ戻っていてください」

「うん」

泰英は頷くと、俺に右手を差しだした。

「無事に戻れることを祈ってるよ」

「お世話になりました」

握手を交わし、俺は王に抱かれて部屋を出た。

王の肩越しに後ろをふり返ると、泰英が笑顔で手をふってくれていた。その後ろで、秋芳が唇を真一文字に引き締め、必死に感情をこらえるような顔をして俺を見つめていたが、まもなく廊下を曲がり、見えなくなった。

王のほかにも見送りが数人付き添ってきて、一同で海へ歩いていく。役所から浜辺まではそれなりの距離があるはずだったのだが、ぼんやりしているうちに到着した。もうついてしまったのか、という気がしたほどあっというまだった。

王は岩場の上に俺を降ろそうとしてくれたが、その手前の砂浜に降ろしてもらった。足腰の力がまだ戻らないので、岩を背もたれにしてすわる。すると王も俺のとなりに腰をおろした。

ほかのみんなはすこしだけ離れた場所に松明《たいまつ》を灯し、そこに待機している。

「ありがとうございます。本当に、いろいろと面倒を見ていただいて。最後までやっかいになってしまって……」

「礼には及ばない」

王はすっかり陽が落ちた海のほうを見ている。

「こちらこそ、兎神の式神であるあなたには礼を尽くさねばならなかったのに、度々非礼な態度をとってしまった。どうか許していただきたい」

それはまあ、王の泰英への溺愛《できあい》っぷりを見ていたら、しかたないかもと思う。俺に冷たかったりしたのは単純に嫉妬からだろうとわかっている。俺はさぞかし邪魔な存在だったかもな。

「兎神がとても大事なんですね」

「なによりも」

答える声には照れもよどみもない。

王と秋芳は見た目も性格もそんなに似ていないが、まっすぐに気持ちを言えてしまうところは似た兄弟なのかもしれない。

「あの、陛下」

王の視線がこちらへむく。

「白ウサギがいつ来るか、陛下もご存じないですよね」

王が頷く。

「私が例の白い兎を見たのは、兎神が月に戻ったときのいちどきりだ。それ以後毎晩、浜辺に監視をつけていたし、満月と新月の夜は私もひと晩ここにいたが、見ていない」

泰英がこちらへ戻ってからも監視は続けているそうだが、目撃報告はないという。

「そうですか……」

では今夜もあまり期待しないほうがいいのかもしれない。

「あの、ずっとつきあってもらうのもなんですし、俺ひとりでも」

「いや、来るまでつきあうつもりだ。必ず目の前に現れるとも限らないだろうし、監視の目は多いほうがいい」

「すみません……」

夜は刻一刻と更けていき、星が強く煌《きらめ》きはじめる。王といっしょにいても話すことがなくて気まずいかもとはじめは思っていたのだが、そのうち気にならなくなってきて、ぼんやりと秋芳のことを思い浮かべた。

となりにいるのが秋芳だったらよかった。この島での最後の時間を過ごす相手が、あの男ならばよかった。

だが彼が見送りを拒んだ気持ちは、なんとなくわからなくもなかった。

抱かれて力が入らなかった脚は、すこしずつ回復している。

泰英がウサギと遭遇したのは決まった時刻ではなかったが、いずれもさほど遅い時間ではなかったと聞いている。俺も大久野島《おおくのじま》で白ウサギを見たのは、しっかり覚えていないが、0時は過ぎていなかった。

だから来るとしたら、待っても数時間のはず。だがいくら待ってもウサギは来なかった。

待ちながら日本にいる両親や友だちのことに思いをはせるが、思考はすぐに秋芳に戻ってしまい、あの男の面影ばかりが胸を占めていた。ウサギに来てほしいのか来てほしくないのかよくわからなくなってきて、そうこうするうちに夜が更け、やがて真っ暗だった空が東のほうから色が淡くなってくる。

その頃には、もうないな、と諦める気持ちになった。

「帰りましょうか」

陽は昇っていないし、西の空はまだ暗い。が、もう今日はウサギは来ないだろう。

「来そうな気配はないか」

「わかりませんが、たぶん無理かと。すみません。またひと月ごやっかいになってもいいでしょうか」

　頷く王とともに立ちあがる。

　来た道を引き返そうとしてふり返ると、浜辺の先の雑林の陰に、こちらを見ている人の姿があった。目を凝らしてよくよく見ると、それは——秋芳だった。

　来ていたのか……。

　俺は王やみんなを待たずに先にそちらへ歩いていった。

　そばまで行くと、秋芳は黙って俺を見おろした。苦しげな顔をしているわけでもない。だがそのひたむきなまなざしは彼の想いが溢《あふ》れているようで、きゅうっと胸が痛んだ。

「……いつからそこにいたんだ」

「いつからかな……。眠れなくてな」

　秋芳は低くぼそぼそした声であいまいに答え、東の空を見あげた。

「あんた、いいのか。夜が明けるぞ」

「ああ」

「どうして帰らなかったんだ」

「帰れなかったんだ」

　秋芳の瞳が俺に戻る。

「道案内のウサギが現れなかったから」

俺は静かに男のまなざしを見つめ返した。

そうか、と秋芳が言う。

「じゃあ……あとひと月はいられるな」

「ああ」

「ひと月か……」

もういちど自分に言い聞かせるかのように呟く男の顔は、ひどくせつなかった。この男に、こんな顔をさせたくなかったと思う。

帰れなくてほっとしたような、残念なような、なんとも複雑な気持ちで、どう言えばいいのかわからない。

また来月も、おなじような苦しい思いをすることになるのか。

「月の彼女も、あんたの帰りを待ってるんだろうな……」

秋芳の呟きに、胸に苦い想いがせりあげてきたが、俺はそれを無理やり腹の底へと飲み下した。

十

「残念だったね」

屋敷へ戻り、朝食を食べ終えた頃、王から話を聞いたらしい泰英が真っ先に俺の部屋へ来て、慰めてくれた。

「運命の気まぐれって感じだから、のんびりかまえてたほうがいいかもな」

「手紙、渡せなくてすみません」

「そんなのはいいんだよ。せっかくだからついでにと思っただけだから」

「……そう簡単にはいきそうにないんですね」

「うん。でも、きっとひと月なんてあっというまだよ。来月にはお祭りもあるし、それを楽しんでから帰っても遅くはない、と思ってみてもいいんじゃないかな」

そう。ひと月なんて、あっというまかもしれない。

「時間をとって、隆俊くんや秋芳くんを誘って、山へ探検に行くのもおもしろいかもしれない」

秋芳の名が出て、俺はやるせない気分で頷いた。

俺の表情の変化に泰英も気づいただろうに、なにも言わずにいてくれた。

その日は帰れなかった虚《むな》しさと焦燥でじっとしていられなくて、街をうろついた。泰英はひとりでは絶対に外に出られないが、俺は変態のレッテルのお陰でひとりでも外出可能だ。

散歩をして帰ってくると、徹夜の疲れを身体が思いだしたようで、眠くなってきた。

布団を敷いて本格的な昼寝をむさぼり、目を覚ますと陽が暮れていた。

いつものとおり夕食をとり、風呂に入って寝る支度を済ませると、秋芳が来訪した。

落ち着かない気分で、居間で差しむかいで対面する。

「その……身体は、回復したみたいだな」

「ああ」

秋芳は顔に感情が出やすい。それはこの男の好きな部分だったが、こうも熱い目つきをされてしまうと、単純に長所だとは思えない気がしている。目は口ほどにものを言うとはいうが、言いすぎだろってくらいの多弁さだ。言葉にしてはいないのに、好きだと告げてくる視線を平然と受けとめるのが辛かった。

秋芳への自分の気持ちに気づき、けれど気持ちに蓋《ふた》をして別れを告げたあとに、ふたたび対面するという事態はあまり考えていなかった。気持ちは決壊寸前のダムのようにいまにも溢れそうで、押し留めるのが難しい。

気持ちを打ち明けたほうが楽になれそうな気がするが、それはいまだけだ。心をゆだねてしまったら、ひと月後には、今回以上に辛い思いをするかもしれない。

だから以前とおなじように、ただの男友だちのように屈託なく接しようと試みたが、うまくいかなかった。

言葉が続かず、視線をそらして黙ると、秋芳は俺が落ち込んでいるのだと受けとめたようだ。おなじように神妙な顔をした。

「元気だせ、って言っても無理か」

「いや……」

「望みは消えたわけじゃないんだろう。もし消えたとしても、新たな望みを見つければいい。苦しいとき、俺はいつもそう思って乗り越えてる」

俺ははっとして顔をあげた。この男の芯の強さにふれ、心を奪われる。

秋芳は自分の過去についてあまり多くを語らない。だが過去の飢饉《ききん》で多くの仲間を失ったことなどはなにかの話でちらりと聞いている。ここは豊かな日本とは異なり、発展途上の国だ。たぶん俺が知っている以上に困難な経験をしているだろう。この男の瞳の奥には絶望の暗さとそれに打ち勝つ強さと明るさが混在していて、秋芳という男の深さと魅力を際立たせていた。どうしようもなく惹《ひ》きつけられる気持ちをとめられないと感じながら、男の深い色をした瞳を見つめ返し、俺は強がった。

「ありがとう。だがべつに、そんなにがっかりしてるわけじゃない。来月まで待つだけだしな」

帰れなかったことよりも、おまえのことで心が乱れてるんだよ、という言うに言えない気持ちがあったためか、ふつうに言うつもりが、平静を保とうとしていやに冷たい感じになっちまった。とたんに秋芳の瞳にひと筋の哀《かな》しみが走った。

「……。そうだな……」

せつなげに言われて、胸が疼いた。

そんな顔をするなバカ、と怒りたくなる。平静を保てなくなるじゃないか。

「話は、もうよそう」

俺はしかめ面をして立ちあがり、寝室へむかった。

秋芳の焦った声が背に届く。

「おい。もうすこし、話につきあえよ。来たばかりなのに、まだ退室できない。本当に交わってるのかと疑われるだろ」

俺はふり返らず、足をとめた。

「だったら、こっちに来たらいい」

「……いや、だが……。——え？」

背後で秋芳が息をとめた気配がした。

「俺を抱きたいんだろう？」

肩越しにふり返ると、秋芳が呆然とした顔で見あげてきた。

なぜ自分はこんなことを言っているのだろうと思う。今回はだめだったが、来月には戻れるかもしれないのに。これ以上この男と深い仲になるのはいけないと思うのに、心をとめられない。

「……いいのか」

「抱きたいのを我慢しすぎて倒れられたらかなわない。それに……昨日してみたが、男同士でも、予想していたほど嫌じゃなかったし……」

誘っているのが恥ずかしくなって目をそらしたとき、突進してきた秋芳に背中から抱き締められた。

「勇輝……っ」

熱い胸板とたくましい腕に包まれて、俺は苦しいほどの陶酔を覚えた。

やがてうなじにくちづけられながら、着物を脱がされる。

「勇輝……好きだ……好きだ……」

うわごとのようにくり返されるささやきは、麻薬のように暗い快楽と苦悩を脳へ送り込み麻痺《まひ》させる。毒に身を浸すような思いで、俺は男の手に身体をゆだねた。

その日から俺たちは毎日セックスするようになった。

座禅を組んでも心の平安は訪れなくなっていた。だが秋芳に抱かれて翻弄《ほんろう》されていると、よけいなことを考えずにすむ。ひと月後に別れる不安を忘れていたくて、俺たちはひまさえあれば繋がっていた。

夜だけでなく、昼でもした。

魚釣りに誘われて、いつもの岩場でふたりきりになると、秋芳がくちづけてくる。

「勇輝……」

想いをこらえるように、眉を苦しげに寄せて名をささやかれる。

身体の関係を持つようになったが、彼女がいることは否定していなかった。そのことについて、秋芳はなにも言わない。言及したら、すぐさま俺が消えるとでも思っているのかもしれない。

男同士の肉体関係にためらいを捨てた俺は、くちづけに積極的に応じた。互いに身体の熱が高まって、息が荒くなる。しかし着物の襟元を広げられ、待ったをかけた。

「こんな場所でするのか」

「嫌か」

真昼間の岩場だ。誰かに見られるかもしれないし、岩場で横になるのは痛そうじゃないか。

「人に見られるのは好きじゃない」

ここの人たちは性にかなり奔放で、気軽にアオカンしている姿をたまに目撃する。だが、じゃあ俺も、という心境にはさすがに至れない。

「だが、あんたが誘惑したせいで、俺はもうこんなだ。屋敷まで我慢できない」

抱き寄せられて腰に硬くなった股間を押しつけられた。

「俺は誘ってないぞ」

否定しつつも、その硬さに俺の身体も熱くなってしまった。

「……軟膏、持ってるのか。あれがないと嫌だ」

「持ってきた」

「準備がいいな」

秋芳に導かれて、岩場のそばの雑林へ入る。

「ここならいいだろ」

手際よく着物の裾を捲られ、下着をおろされる。俺は太い木の幹に縋りつき、腰を秋芳へ突きだす格好をとらされた。立ったまま、バックから、指を入れられる。

「……あ……」

軟膏を中に塗られると、すぐに身体が熱く疼きはじめた。この催淫剤を使うのを俺は好んだ。これがあると、性欲も体力も尋常でない秋芳とのセックスに長いことつきあっていられる。それに、男に抱かれてあられもない声をあげても、恥ずかしい痴態をさらしても、薬のせいだと自分に言いわけできる点がいい。

秋芳は乱暴ではないが情熱的すぎて、しかもエンドレスでなんどでもやれる。だから終わったあとの俺は疲弊しきってぼろぼろになっちまうんだが、それがよかった。終わったら、なにも考えずに眠れるから。

「いかんな……」

入り口をほぐし終えた秋芳が、指を引き抜きながら呟く。

「な……にが」

「あんた、俺たちと違って頑丈じゃないだろ。こんな調子で抱いてたら、壊しちまいそうだと思うんだが……とめられない」

背後から、硬く熱いものが入り口に押し当てられる。腰をしっかりとつかまれ、ずぶずぶと猛りが入ってきた。

「あ……く……っ」

「もし、壊しちまったら……あんた、ここにいてくれるかな……」

秋芳とはもうなんどもセックスをしているが、毎回受け入れるときは大きさに馴染《なじ》むまでに時間がかかる。だが穿《うが》たれた楔は俺の身体が落ち着くのを待たずに引き抜かれた。そしてすぐに奥まで貫かれる。

「あっ……」

激しい抜き差しに、俺は木に縋りついて耐えた。奥をなんども突きあげられると、そこをめいっぱい広げられている異物感よりも快感が勝り、身体が蕩けてくる。眉を寄せて突かれる衝撃に耐えながら、俺は貪欲《どんよく》に快楽を求めて後ろに腰を突きだした。

秋芳が言うには、後ろから繋がったときの俺の腰のしなりは最高にエロいんだそうだ。細い腰から尻の膨らみにかけてのラインが絶妙で、男根を咥《くわ》えてぬらぬらと揺れ動くさまは見ているだけでなんどでも達けるとか。ひくつく入り口もエロさの極みで、そこに己を埋め込むことを想像して眠れなくなることが度々あるらしい。

「腰揺らして……あんた、ほんとにいやらしいよな」

「おまえだってな……。っ……、男なら、気持ちいいこと、好きなもんだろ……っ」

秋芳が腰を使いながら上体を倒し、俺の胸を抱き締める。

「たしかにそうだ。男はみんなすけべだな」

首に舌を這わせられながら、胸元をまさぐられる。はだけた襟に手を忍び込まされ、乳首をいじられた。

「あ……っ、やめ……」

「ここ、好きだろ」

「嫌だって……」

気持ちいいのは好きだし大歓迎だが、乳首で感じるのは男らしくない気がして抵抗がある。手をふりはらおうとすると、両方の乳首をつまむ指がいったん離れた。と思ったら、軟膏のぬめりをまとってふたたびつままれた。

「軟膏つければいいか？」

「あ……あ……」

秋芳は、軟膏をつければ免罪符になると思っているかもしれない。事実そのとおりで、俺は抵抗する気にならなくなった。

ぬるぬると捏ねまわされ、悶えるような気持ちよさに瞳が潤む。乳首で生まれた快感が下腹部へと伝わり、繋がっている部分を無意識に淫らに蠢《うごめ》かせてしまう。

「は……やっぱ、乳首が好きだよな。中、すごいぞ……」

興奮を増した荒い呼吸をしながら感想を告げられ、羞恥を覚えるのに、身体はますます淫乱に昂ぶり、太い男根に粘膜がねっとりと吸いついた。

「く……勇輝、そんなに締めつけるな……っ」

ふいに男の身体が震え、中に収まっている猛りを奥まで叩きつけられた。瞬間、内部を熱く濡らされた。どくりと音を立てて液体を注がれているあいだは動きがとまったが、すぐに抜き差しは再開し、たくましくこすられる。

繋がった場所からぐちゅりと泡立つ音がして、中にだされたものが太腿《ふともも》を伝って滴り落ちた。

「あ、あっ……」

指では届かない奥に軟膏は塗られていない。そこを秋芳のだしたもので潤されて太い先端でこすられるのは、おかしくなりそうなほど気持ちがよくて、なにもかもを忘れて嬌声《きょうせい》をあげた。

「俺も、達く……っ」

告げると、乳首をいじっていた手の一方が下へおり、俺の中心を握った。後ろの抜き差しにあわせてしごかれ、身体が沸騰したように熱くなる。奥のいいところを突かれたとき、同時に乳首をつねられ、リミッターが弾《はじ》けたように俺の欲望も爆発し、熱を放った。

「は……」

「勇輝……好きだ……」

くたりと力を抜いて身体を預けると、耳元で甘くささやかれた。

その後秋芳はもういちど俺の中で達き、疲労した俺を抱き抱えて屋敷へ戻った。

激しいセックスのあとで身体だけでなく頭も麻痺していた俺は、抱えられている姿を人に見られても、もういいやという気分になっていて、秋芳に身を任せた。

その夜も、俺は抱かれた。

快楽のためというよりは、俺は揺れる気持ちを紛らわすように、そして秋芳は俺の心を求めるように、互いの身体を求めあい、顔をあわせればセックスする日々が続いた。

「勇輝……好きだ……」

身体を重ねるたびに、なんどもささやかれる言葉。普段は陽気な顔を見せる男が、そのときだけは熱っぽくせつない瞳で訴える。

ただの友だちとしか思っていない相手ならば重荷でしかないセリフだが、俺はそれを告げられるたびに喜びと辛さにさいなまれた。

秋芳に気持ちが傾いていることはすでに自覚している。

俺は男なのに。男同士なのにそんなはずはないと否定してきたが、もう、ごまかしようがないほどこの男のことが好きなのだと強く思う。

だが帰らないわけにもいかない。日本に家族がいる。行方不明になった俺を心配しているはずだ。せめて元気でいることを知らせることができればいいのだが、すべはない。

いちど日本へ戻って無事だと伝え、気軽にまたここへ戻ることができたらこれほど悩むこともないんだが、そううまくはいかない。泰英のように戻ってきたくても、戻れる保証もないのだ。

「なにかあったかい」

泰英とふたりで畑仕事をしているとき、なんどもため息をついたせいか、尋ねられた。

「なんか……どうしたらいいのかな、なんて」

泰英の静かなまなざしに見つめられ、無言で促されているようで、ぽつりと続ける。

「秋芳のこととか……帰ることとか……」

俺と秋芳との関係が変化したことは、泰英も気づいているようだ。俺がそれきり黙ると、泰英もまじめな顔で考えるように黙っていた。

「難しいな……」

俺は黙って頷いた。

「必ず帰れると決まっているわけじゃないし、もしかしたら今後数十年はウサギは現れないかもしれないし。自力でどうしようもないんだから、気軽に考えたら——なんて、那須くんの性格じゃ無理かな」

泰英は俺をよくわかっている。俺はかなり大ざっぱなところがある反面、自分が納得していないことは、なあなあで済ますことはできない。

「稲葉さんはタフですよね」

「俺の場合は、帰れないもんだと思ってたから、そういう悩みがなかっただけ。それはそれでべつの悩みもあったけど」

どうしたらいいのか、けっきょく決めるのは自分だと思う。

いずれ別れる相手と気持ちを通わせるのは、互いに別れたあとが辛い。だから帰るならばいまのまま、気持ちは告げずに帰りたい。

だがもし帰れなかったら、いつまでもこの中途半端な状態が続くのだ。だったらこの地で生きる覚悟を持ち、日本への思いと決別できればいいのだが、可能性が残っている限り、捨てきれない。

秋芳と別れたくない。しかし日本のことを放りだしたままなのだ。

この地に残る決心もつかずに日々が過ぎる。

「帰るしかないかな……」

帰れるかどうかもわからないが、帰れるとしたら、俺はそちらを選択するだろうと思った。

十一

泰英がお祭りがあると言っていたからどんな祭りかと思っていたら、それは兎神の降臨の式典だった。

本当はもっと前におこなわれるはずだったのだが、式神が来たということで様子を見て延期していたらしい。

当日の朝、神主の佐衛門が部屋にやってきて、かしこまった口調で頼まれた。

「本日の式典では、式神にお願いしたいことがございます。よろしいですかな」

式典で俺は、泰英が用意された原稿を読むのを、ほかのみんなといっしょに聞いているように言われていたのだが、イレギュラーの依頼である。

「なんでしょう」

「その……じつはですな」

佐衛門が声音を落とした。

「兎神が式典にて神技をご披露してくださるとのことで、その介助を式神にご依頼したいのです……」

「神技って、なんです？」

「御存知ありませんかな」

佐衛門がそわそわと目をそらし、顔を赤らめる。

「も……も……」

「も？」

「も、も、餅《もち》つき……っ、のことですっ」

「餅つきですか」

もったいぶった言い方をするからなにかと思ったら、餅つきとは。なにを恥ずかしがってるんだろう。

「ごご誤解なさるな。これはけっして、わしが望んだわけではなく、兎神の指名で……っ」

初老の神主が慌てたように両手をふる。いや、べつに弁解しなくても……。

「かまいませんけど」

了承すると、佐衛門は妙に鼻息荒くなった。

「ではくれぐれも、よろしく頼みましたぞ」

念を押して帰っていった。なんなんだ。

改まった席だということで、世話係が用意してくれた袴《はかま》と羽織を着る。その後秋芳が迎えに来たのでいっしょに屋敷を出、役場の広間へむかった。

秋芳を含め、評議衆たちもいつもの着流し姿ではなく紋付袴を着ている。ちなみに紋は五つ紋。みんなウサギのマークで、各々の名字のカラーに染め抜かれている。秋芳は名字が赤《あか》井《い》だから、赤いウサギマークだ。俺の羽織に紋はない。

広間は庭側の障子がすべて開け放たれていて、外にはたくさんの人が集まっていた。部屋の中央には祭壇のようなものがあり、ススキと団子が供えてあった。評議衆たちは広間にすわり、俺も秋芳のとなりに正座する。やがて佐衛門を筆頭に、泰英、王の順に奥の扉から物物しい雰囲気で歩いてきた。

祭壇の前まで来ると、佐衛門が祝詞《のりと》を奏上し、続いて泰英が手にしていた巻物を広げ、集まった民にむかって朗々と読みあげる。

「昔々、あるところにおじいさんとおばあさんが住んでいました。おじいさんは山に芝刈りに、おばあさんは川へ洗濯に――」

……なんで桃太郎なんだよ。

疑問に思うのは俺だけのようで、ほかのみんなは真剣に聞き入っている。

読みあげている泰英の表情からは、そこはかとない諦めのようなものが漂っていて、たぶん彼に尋ねてもわからないのだろう。

「――というわけで、この島国の名称は『ウサギの王国』となりましたとさ。おわり」

桃太郎からはじまった物語は十聖人の逸話へと移り、そして最後にはとってつけたかのようにこの国の名を告げて終わった。国名の正式発表はこれが初めてらしい。

王が一歩前へ出て宣言する。

「神宣により、この国の国名はただいまより『ウサギの王国』と相成った」

どうなることやらと思っていたが、その宣言で引き締まり、なんとかまとまった感じだ。聴衆からわっと歓声があがった。

「那須くん」

泰英が佐衛門に誘導されて庭のほうへむかう。その彼に呼ばれ、俺もそちらへ行った。

「餅つきの話は聞いた？」

「はい」

「俺がつくから、返し手をやってほしいんだ。急にごめんな。隆俊くんと佐衛門さんとやる予定だったんだけど、最初に要領を見せたほうがいいと思ってね」

この国の人たちは餅つきを知らないそうだ。団子は米粉を練ったものだと言われ、そういえば以前食べたとき食感が違ったなあと思いだす。

「俺は稲葉さんの式神らしいですからね。使ってやってください。でも、そうするとご飯をつくんですか？」

「いや。もち米はここにはないのかと思ってたんだけど、調査したらね、近い品種のものが栽培されてたんだ。それを使うから、餅っぽくなるんじゃないかなと期待してるんだけどね」

庭には特設の舞台ができており、その中央に真新しい臼《うす》と杵《きね》が置かれていた。俺と泰英が舞台にあがると、まわりに大勢が集まり、期待に満ちた顔で見あげられた。

まもなく蒸しあがったものが運ばれてきて、臼に入れられる。湯気の立つそれを泰英がはじめに杵で捏ね、なんどかつく。ある程度まとまりが出てきたところで声をかけられた。

「頼む」

「はい」

泰英が杵を振りあげて、餅をつく。俺が餅を返す。ぺったんぺったん。

昔、町内会の催しでつくほうはやったことがあるが、返すのは初めてだ。むちゃくちゃ熱い。こりゃ大変だ。

しばらくすると、泰英がばててきたようで、つく間隔が遅れてきた。

「替わりましょうか」

「隆俊くんにやってもらおう」

選手交代となり、泰英に呼ばれた王が壇上へあがってきた。泰英が返し手をするというので俺は役目を終え、ひたいを拭いながら壇上からおりたら、辺りから拍手が沸き起こった。見まわすと、みんな頬を赤らめて、興奮した目をしている。そしてちらほらと、鼻血をだしている人がいた。

――なぜだ。

髭剃りのときのように、見る者全員が鼻血をだしているということはないが……。みんな、餅つきになにを感じているんだ？

「すばらしかったですぞ！　期待を膨らませておりましたが、まさかこれほどのものだとは。想像以上にすばらしく、感動いたしました！」

やっぱり鼻血を垂らしている佐衛門が、まるで少年のように瞳をきらきらと輝かせながら俺にねぎらいの言葉をかけてくれた。

「さすが神の神技……なんと象徴的な……涙がとまりませぬ……！」

とまらないのは涙じゃなくて鼻血だろ。

彼の純粋そうな雰囲気からすると、髭剃りのエロスとはまた違うようだが……でも鼻血だしてるんだよな……。

「どうも……」

なにがどうすばらしかったのか、なんだか怖くて聞きにくい。

その後は民による奇妙な踊りが披露され、餅が配られたり酒が振舞われたりして、にぎやかなときが過ぎていった。

「このあと、どうする」

役場での式典が終わって一同が解散となり、部屋へ戻ろうとしたら、秋芳に声をかけられた。

「俺は街のほうにくりだすが、いっしょにどうだ」

「なにかあるのか」

「たいしたことはないが、いつもよりはにぎやかだろうから、散歩にでもと思ってな」

「いいけど、俺がいるとみんなが怯《おび》えるんじゃないか」

「来たばかりの頃よりは、だいじょうぶだと思うんだが。気になるなら頬かむりでもするか」

「頬かむりなんかしたって、耳がないのでばれるだろ」

「そりゃそうだな」

俺が行ったりしたら、みんなのお祭り気分に水を差さないかと迷ったが、せっかくの誘いなので行くことにした。

いったん部屋へ戻って袴を脱いでから廊下へ出ると、秋芳が戸口の横で壁にもたれて、腕を組んで待っていた。手には大きな布を持っている。

「これをかぶるといい」

彼はその布を広げ、俺の頭にふわりとかぶせた。それは大きなストールのようで、秋芳の香りがほのかに鼻腔をくすぐった。

「涼しくなってきたから、これくらいしていても変じゃないだろ」

見おろしてくる男のやわらかな微笑が、なにげないのに妙に胸に差し込んできた。

「行くか」

俺たちは連れだって屋敷を出た。

秋芳は街と言ったが、街と呼べるほどのものはここにはない。役場の近くには多少家が密集している場所があるので、そこのことを差しているようだ。

役場の敷地を出ると、たしかに人でにぎわっていて、道端に露店らしきものが出ていたり、芸を披露している者がいたりした。

顔や髪を隠していても、俺の体型はウサ耳族よりもちいさくて細いから、式神だとばれているようだった。だが茶髪を晒しているよりは、悪目立ちしなくてよさそうだった。

「よう秋芳。調子はどうだい」

カボチャをくりぬいて作った提灯《ちょうちん》を地面に並べている親父が声をかけてきて、秋芳が鷹《おう》揚《よう》に答える。

「まずまずだ。カボチャの提灯か。おもしろいな」

「いいだろう。ちょっと前にな、陛下と兎神がやってきて、子供に作ってくれたんだよ。これはそれをまねして、みんなで作ったんだ。よかったら持っていきな」

「いいのか」

「売りもんじゃないからな。今日はお祝いだから、みんなに配るのさ。そちらさんにも」

親父は秋芳にカボチャの提灯をふたつ渡し、俺に遠慮がちに会釈した。

「……そちら、式神さん、ですよね。式典が今日に延びたのは、兎神が式神を呼び寄せるためだったってのは、本当ですかい」

「いや」

俺への問いかけだったが、秋芳が答えた。

「延びたのは準備の都合だ」

「そうなのか。みんなの噂じゃそういう話だがな。初めは式神さんは兎神を連れ戻しに来たんだと聞いたが、違ったって話だろ。ここにとどまるらしいって話もあれば、兎神の用事で呼ばれただけで、すぐに月に戻るって噂もあるんだが、本当のところ、どうなんだい」

秋芳がちらりと俺を見る。

「……次の満月の日に、兎神の書簡を月に持っていくことになっている」

「おう、そうなのか。お勤めご苦労さんです。遠いだろうに、大変だな。いや、おいらはどれほど遠いのか知らないけれどもさ。で、次はいつ来るんですかい？」

親父に愛想のよい顔をむけられ、なんと答えたらよいか口ごもっていると、やはり秋芳が答えた。

「まだ詳しいことは決まってないんだ。親父、じゃあまたな。提灯ありがとな」

促されてその場を離れた。

「持つか？　重いぞ」

カボチャの提灯をひとつ差しだされ、俺は頷いて受けとった。ずっしりと重いそれはハロウィンのおもちゃのように目と口がくり抜かれていて、中にろうそくが入っている。

「中、あまりくり抜かれてないんだな」

「使い終わったら食べるためだろ」

秋芳がカボチャの提灯に視線を落として微笑む。

「こんな遊びができるのも、兎神のお陰なんだ」

「どうして」

「あの人のお陰で今年は豊作で、国も豊かだ。以前だったら、貴重な食料で提灯を作るなんてとんでもないことだった」

カボチャの笑顔と泰英の笑顔がダブる。

泰英はなにもできないと言いながら、この国を着々とよい方向へと進めていて感心する。

「稲葉さんはすごいな」

「兎神だもんな」

「……俺は、式神なのになにもしてないな」

「あんただって、兎神の手伝いを毎日してるだろ。あんたの役目は兎神の様子を見に来たことだって聞いてる。ここに留まってこの国を豊かにすることは、あんたの役目じゃないんだろ」

たしかに俺の役目はそういうことになっている。だけどなにもせずにこのまま帰ってしまっていいのか。俺はここへ来てもうすぐ二ヶ月半になるというのに、なにも功績を残していない。そんな自分がふがいなくて、悔しいと思えた。

この国の発展のために知恵を絞っている泰英は毎日楽しそうで、まぶしい。帰るつもりでいる人間が口をだすのはどうかと思って遠慮しているが、本当は俺もそんなふうに生きたいと思うし、もっと積極的に関わりたいと思う気持ちは日毎《ひごと》に強まっている。

畑仕事なんてここへ来るまでは全然興味がなかったのに、やってみたらおもしろかったし、身体を使う仕事は俺にあっていると思えた。そのほかにもいろんなことに目をむけてみたい。国作りに関わるだなんてやりがいのある仕事、日本にいたらそうそうできるもんじゃない。なにをするにしても、腹を括《くく》らないと中途半端になるだけなのかもしれない。だとしたら、こんな気持ちで日本へ戻っても中途半端な生き方しかできないかもしれない。

いちど帰っても、ふたたびここへ戻れる確約があればこれほど悩まないんだ。帰らずとも、日本に無事を告げる方法があればいいのにと、毎日のように思う。

人々の嬉しそうな顔を眺めながらふたりでぶらつき、祭りの雰囲気に浸った。

「なにか、ほしいものはあるか」

お面売りを眺めていると、まじめな声に尋ねられた。

「もうすぐ帰るんだろう。この国に来た記念に、なにか持って帰ったらどうだ。気にいったものがあれば買ってやる」

「いや。とくにないな」

べつにお面がほしくて見ていたわけでもない。それにこれ以上の思い出や記念は、日本に帰ったときに辛くなりそうでほしくない。首をふると、秋芳がちょっとだけ寂しそうな顔をしたように見えた。

「そうか……」

それきり互いに黙ったまま通りを過ぎた。

行き先は秋芳任せだが、その彼もひと通り街を見ると、あとは目的地はないようだった。にぎやかな街をすこし離れると田畑ばかりとなり、いかにも農村といった牧歌的な風景が広がる。あてもなくぶらぶらと歩いているうちに陽が暮れ、そろそろ引き返そうと言いだそうとしたとき、前方の丘陵にススキの群生が現れた。

風に靡《なび》いて綺麗で、目を奪われる。歩みを緩めると、秋芳が見おろしてきた。

「疲れたか」

「いや。でも、すこし休もう」

丘のふもとの道端に腰をおろそうとしたら、

「待て。いい場所がある」

と秋芳にとめられ、ススキの群生の中に連れられた。分け入っても分け入っても青い山、ならぬ淡いススキ。かき分けながら進んでいくと丘の中腹に大きな木の切り株があり、その上にのると丘の斜面のススキの群生が一望できた。

俺はストールを肩におろし、顔をだした。

「綺麗だな」

「だろ」

「秋芳は、いい場所をよく知ってるよな」

褒めると、以前の秋芳ならば嬉しそうに鼻の下でもこすりそうなものだが、彼は口元だけでわずかに微笑んだだけで俯き、切り株に腰をおろした。

切り株は大きく、詰めればふたり並んですわれる。俺もすわり、秋芳と寄り添うようにしてススキと夕焼けの空を眺めた。綺麗だが、どこか寂寥感《せきりょうかん》が募る風景だった。

次はいつ来るのか、などと露店の親父に言われたことが胸に引っかかっていて、ぼんやりとしているうちにどんどん辺りは暗くなるが、秋芳はなにも言わず、静かに俺のとなりにすわっている。陽は完全に沈んでいないが、東の空には月が浮かんでいた。満月よりすこしだけ欠けた、太った月だ。日本にいたときは月齢など意識したこともなかったが、いまは詳しくなった。

あと三日で満月だった。

「なあ」

おなじように月を見あげていた秋芳が話しかけてきた。

「月ってのは、そんなにいいところなのか。兎神も、はじめの頃は帰るつもりだったみたいだ」

「いいところだからっていうより……家族と仲間がいるから」

「あんたの場合はそれだけじゃないだろ」

見ると、秋芳は唇に皮肉げな笑みを浮かべていた。

「大事な彼女がいるからだろ。いまさら俺に遠慮することたあない」

抱きあうようになってから秋芳が彼女について口にすることはなくなっていたため、久々に言われてどきりとした。その言葉はひやかすような口調とは裏腹に哀愁が漂っていて、棘《とげ》のように胸に刺さった。

「秋芳……」

「彼女や家族はよくわからんが、仲間は、たしかに大事だな」

秋芳の両親はすでに亡くなっていて、身内は王だけだ。ウサ耳族は家族よりも集落の結束を大事にするのだという話は、なにかの会話の折に聞いていた。

秋芳はいかにも納得だというようになんども頷く。それからすこしだけちいさな声で、ぽつりと言った。

「……俺は、仲間にもなれなかったか」

強い風が辺り一面に吹き、ススキが大きく揺れた。

「かなり心を開いてもらってると思ったんだが……むこうにいるあんたの彼女には、どうしてもかなわないのか……」

とっさに言葉が出てこなくて、俺は俯いた。

秋芳も俯いて頭をかく。

「いや、未練たらしいこと言っちまってすまない。いまのは忘れてくれ」

「……日本のみんなは、俺の無事を知らないんだ。だから……」

「そうだよな。いや、わかってる。忘れてくれ」

俺の言いわけは、あまり用をなさなかった。

秋芳は、俺を好きだと言う。なんども、胸が痛くなるほど聞かされてきた。だが、引きとめられたことはいままでなかった。いまもちょっと想いをこぼされたが、はっきりと行くなとか嫌だと言われたことはなかった。いつも、戻らなきゃいけないのかと尋ねられるだけで、ここにいろと説得されたことはない。

「秋芳は……行くなとは、言わないんだな」

引きとめられたら困る。だから引きとめてほしいわけじゃないが、気になって口にした。

すると秋芳の胸の動きがとまった。驚いたように目が見開かれる。

緊張に張り詰めた顔が俺のほうへむき、息を詰めて見つめてきた。

「……言ったら、いてくれるのか」

唸るような低い声が、俺に突き刺さる。食い入るようなまなざし。

「言ったら、彼女よりも俺を選んでくれるのか」

大きな手が、俺の肩をつかむ。骨が砕けるかと思うほど強い力だった。

「ならば、何万回でも言うぞ。声が嗄《か》れても。喉がつぶれても。あんたが満足するまで」

見つめてくるまっすぐな視線は痛いほどに真剣で、熱狂的なほどの情熱で燃えあがっていた。そんなふうに問い詰められてしまったら、尋ねた俺のほうが答えに窮した。

ばかなことを訊《き》いた……。

秋芳は俺を困らせたくなくて、口にしないだけだ。後悔が胸を焼きながら広がっていく。

唇を噛んで目をそらす俺を見て、男の唇がゆるりと息を吐きだした。燃えあがっていた瞳の炎が、理性の力で鎮火されていく。

「無理強いして引きとめたくないんだ。むこうへ帰ることがあんたの幸せなら、俺は、それを望む」

「……秋芳……」

「三日後……彼女と再会できるといいな……」

淡々と語られる言葉は理性の中に熾火《おきび》のように熱を孕《はら》んでいて、その想いの深さを知らされた。

彼女なんかいないんだと、言いたくてたまらなかった。そして男の愛情の中に溺《おぼ》れてしまいたかった。

だが、俺は日本へ帰ることを選んだんだ。秋芳の気持ちに流されてここに残っても、俺はきっと日本への未練を断ち切れずに後悔する。感情の赴くままに中途半端に想いを告げて日本へ帰っても、やっぱり後悔するだろう。

ならば、黙っているよりほかない。

彼女がいるだなんて、うそをつくんじゃなかった。

俺は泣いてしまいそうで、必死に奥歯を嚙みしめ、こぶしを握り締めた。

十二

ときは残酷で、とまってくれない。どうしたらいいのかと悩んでいるうちに、また、満月の日がやってきた。

陽が落ちる前、前回とおなじように泰英とあいさつし、洋服に着替えて準備を整えると、秋芳が部屋に来た。

今日は遅い時間で、セックスしている時間はなかった。

「今回も、見送りには行けない」

俺は理由は聞かずに頷いた。見送りに来たら、引きとめたくなるからという彼の気持ちは、口にされずとも理解していた。

「あんた、その格好でひと晩過ごすのか。寒くないか」

ここは気候が穏やかで、日本ほど気温の変化はない土地のようだ。だがたしかにカットソー一枚では寒いかもしれない。ススキを見た夜も、着物の上にストールを羽織ってちょうどよかった。

「そうだな。上着を借りていくか」

「頼みがあるんだが」

簞笥《たんす》のほうへ足を運びかけたとき、呼びとめられた。

「思い出に、というか、その……」

「なんだ。交わりなら、昨夜散々しただろう」

「そうじゃない。髪、とか……その服、とか……なにか、あんたのものをもらえたら、なんて……。すまん、図々しいとわかってるんだが」

ためらいながらも、まっすぐなまなざしでそう言ったかと思うと、秋芳は遠慮がちに目をそらした。もしかしたら前回も言いだしたくて、言えなかったのかもしれない。

服や髪なんて、いくらでもくれてやるのに。

「…………」

たまらなくなって、俺は唇を嚙みながらカットソーを脱いで、黙って差しだした。

「いいのか」

「……その代わり、おまえの着物をくれ」

「持ってくる。待っててくれ」

「いま着てるのでもいいんだが」

「え、でもこれ、洗ってないぞ」

「そのほうが俺はいいけど」

秋芳の香りがついているもののほうがいい。思い出の品はあると辛くなるからいらないと思っていたが、土壇場になったらやはりなにかほしくなった。この男に繋がるものが手元にあったほうが、耐えられそうな気がする。そんな俺の思いに気づいたようで、秋芳が急いで帯をほどいて着物を脱ぐ。

互いに交換すると、秋芳は大事そうにそれを襦袢《じゅばん》の袂《たもと》に入れた。

俺はデニムも脱ぐと、箪笥から襦袢をとりだして袖を通し、それから秋芳の着物を着て帯を締めた。だぶだぶで不格好だが、おはしょりをしてどうにか格好をつけた。それからハサミを手にとる。日本の糸切りばさみとおなじ形の鉄製だが、手のでかいウサ耳族にあわせて大きく、力も必要で、俺にはちょっと使いにくい。それをどうにか扱ってサイドの毛をひと房切った。

「これでいいか」

糸で縛り、手のひらに渡してやると、秋芳は泣きそうに目を潤ませながらも、俺の顔を目に焼きつけようとするかのように見おろしてきた。幾千もの言葉がその瞳から溢れてきそうだ。

そんな目で見るなよちくしょう。

俺は耐え切れず、男の首に腕をまわして引き寄せ、くちづけた。

しっとりとしたキスをして、唇を離す。

至近距離から見つめてくる男のせつないまなざしがいとおしくて、泣きたくなる。

「……戻れたら、戻ってくる」

気づいたら、俺はかすれた声でささやいていた。約束できないことは言いたくなかった。男の心を束縛することは言いたくなかったのに、抑えきれない想いが溢れて言わずにはおれなかった。

見つめてくる瞳が驚いたように見開かれた。

「いつになるかわからないし、約束はできないけど」

後悔して、弱音を吐くようにそう付け加えたら、ふいに強い力で抱き締められた。

「待ってる……。何年でも……」

頭上から降りそそぐ声は、絞りだすように震えていた。

「これるかわからないんだ。待たなくていい」

秋芳が首をふり、俺の髪に顔を埋めた。

「一生、あんたを待ってる。ずっと……だから頼む……帰ってきてくれ……」

最後のセリフは声にならないほどかすれていて、ほとばしるような想いを伝えてきた。

「……ああ……」

嗚咽《おえつ》をこぼしそうになりながら、俺は頷いた。

後頭部に手を添えられ、男の胸にしっかりと抱かれる。

迎えがくるまで、俺たちは静かに抱きあっていた。


もの悲しいほどに冴《さ》え冴《ざ》えとした月明かりに照らされて、王と評議衆の数人とともに、俺は海辺へむかった。

今回も秋芳は見送りに来ない。

夜の寒気をまとわりつかせながら海辺へ着くと、俺と王は乾いた岩の上に腰かけた。

「またつきあわせちゃって、すみません」

「いや」

王は短く答えて冷たい満月を仰ぐ。

「今度は帰れるといいな」

「はい」

最初の頃は警戒されていたせいもあって、王はとっつきにくそうな男だと思っていたが、人となりがすこしずつわかってくると、俺の心の距離は縮まっていた。まじめでいい人で、ただ恋人のことが好きすぎるだけの男なんだ。

王様なのに、こうしてひと晩つきあってくれるなんて、律儀だよなあと思う。

ウサギの出現を待ちながら、今回もこなければいいのにと、心の隅で思っていた。

秋芳の面影がちらつく。

いままでは、日本で理容師をするよりもこの地に留まりたい気持ちがずっと強まっているし、秋芳のそばにいたいと思う。

日毎に秋芳への想いが胸の内で膨れあがって苦しいほどになっている。

だが、決意できない。

俺の両親は互いの両親の反対を押し切って駆け落ち同然で結婚したのが自慢で、見ているこちらが恥ずかしくなるほどラブラブな夫婦だ。そんなふたりだから、この国での詳細を話して聞かせたら、怒られそうな気がしなくもない。好きな人がいるのに、なぜ日本に帰ってきたんだと。でも事情を知らないいまは心配しているはずだ。

いっしょに大久野島へ行った友だちも、きっと心配している。

無事を知らせることができればいいのだが、そうするには帰るしかない。いちど帰ったら、もういちどここに戻れる保証もない。

泰英が日本へ戻ったとき以来、一年以上この地にウサギは現れなかったのだ。今回だって現れないかもしれない。そうなったら、しかたがないんだ。俺にはどうしようもないんだから、もう、両親に無事を知らせることも諦めて――。

そこまで考えたとき、視界の端に白いものが映った。はっとして焦点をあわせる。

「っ!」

それは、あの白い子ウサギだった。まさかと思ったが、間違いない。俺の目の前を通りすぎ、砂浜をぴょこたんと跳ねていく。

「あれは……」

王も気づき、立ちあがる。つられて俺も立ちあがった。

真っ白な子ウサギは月の光を浴びて輝いていて、どこか現実味がない。だがたしかにあれは、ウサギだ。この島国にはいないはずの動物。

あれについていけば、日本へ戻れるのだ。

ウサギはぴょこぴょこ跳ねて、海へとむかう。急がないと。早く追いかけないと。そう思うのに、なぜか足が動かない。

本当に、ここを離れていいのか。脳裏に浮かぶ男の面影が、俺を躊躇《ちゅうちょ》させる。

だが、行かないわけには……。日本で心配している人たちがいるはずだから……。

「式神。どうした」

王が怪訝《けげん》そうに俺を見おろす。その声を受けて、俺は鉛のように重くなった足をどうにか動かし、前へ進んだ。

ふらふらとウサギのあとを追いかける。ウサギは波打ち際まで進み、ちらりと俺をふり返った。来る気があるのか？　と確認するような仕草に見えた。

このまま追いかければ、もう二度とこの地へは戻れないかもしれない。迷いが胸の中で膨れあがって大きなうねりとなる。そんな気持ちが、俺を見送りの人たちのほうへふり返らせた。すると、王や評議衆がいるところよりもさらに遠くに、提灯の灯《あか》りが揺れているのに気づいた。

――あれは……。

辺りは暗く、月明かりや提灯の灯りだけでは、目をこらしてもその姿は確認できない。だが前回も、あの辺りに立っていた男がいたことは忘れようがない。

――秋芳。

きっと、間違いない。

あれは秋芳だ。

そう思ったら、全身が発熱したように激しく震えた。ウサギのことは頭から消え、気づいたら全力で海とは反対方向へ走りだしていた。

王や評議衆たちが驚いた様子で俺を見ていたが、意識から追いやり、灯りを目指して夢中で走っていき、砂浜から土へと地面が変わる頃、提灯の持ち主の顔がおぼろげに見えてきた。

やはり、秋芳だった。

見送りには来ないと言っていたくせに。

そばまで来ると、俺は速度を落とし、歩いて近づいた。手を伸ばせば届くほどの距離まで来て足をとめると、とまどったような顔に見おろされた。

「どうしたんだ」

「……帰れなかった」

まっすぐに見あげてそう答えると、男の顔がますます困惑したものになった。

「だが、いま、白いのが来ただろう？　あれがウサギじゃなかったのか？」

「ウサギだったな」

平然と肯定し、ちらりと砂浜のほうをふり返る。ウサギの姿は見えなかった。場所が遠いからではなく、ウサギ自体が消えたのだ。

俺は秋芳へ顔を戻した。

「帰る気になれなかったんだ。おまえがここにいるのを見たら、足が動かなくなった」

笑いもせず、事実だけを静かに口にした。

愛し愛される相手と出会えたら、これほど幸せなことはないと俺は常々思っていた。その相手と、俺はすでに出会えている。

この地で出会ったこの男こそそうなのだと、いまはっきりと思う。秋芳と離ればなれになったら、俺は自ら幸せを手放すも同然だった。

「……いいのか」

秋芳がいまにも泣きだしそうに顔をゆがめた。

「きっと、帰る機会はまたくるさ」

そう。たぶん、またいつかウサギは来るだろう。

秋芳の顔を見たら、あれほど揺れ動いて不安だった気持ちがふしぎなほど穏やかになっていた。ウサギを追わなかったことを後悔する気持ちはない。

「だが……彼女が待ってるんじゃないのか」

心配そうな声に、俺は緩く首をふった。

「待ってない。彼女なんて、本当はいないんだ」

白状してしまいたくて、でもけっして喋ってはいけないと戒めていた言葉のはずなのに、心の鍵がいつのまにか解錠されていて、するりと口からこぼれ出た。それはつまり、俺の心がこの地に留まることをすでに決意しているということだった。俺自身が自覚するよりも速く。無意識だったたが、秋芳の姿を見た瞬間、俺のすべてはこの男に持っていかれちまったんだ。

ようやく真実を告げることができて、俺は柄にもなく声を震わせちまった。うそをついていたことを怒られるか軽蔑《けいべつ》されるかと不安になる俺の前で、秋芳が目をしばたたかせている。

「いない、って……」

「ごめん。ずっとうそをついていて悪かった。彼女がいるっていうのは、最初に、交わりを断る口実にとっさについたうそだったんだ。その後も、うそなんだって言いだせなくなって……」

秋芳の手に腕をつかまれた。

「それ……本当か」

信じられないというように、俺を見おろす瞳が揺れている。

「ああ。彼女なんて、いないいんだ」

「本当に……」

赤みを帯びた瞳の光が緩み、水のように拡散して散漫なものになり、見る間に焦点が定まらなくなる。それはある程度のところで収束すると、今度は速やかに集約され、これまで以上に強く熱く輝きはじめた。

まぶしいほどのきらめきは、真夏の太陽のような情熱に満ち、吸い込まれそうなほど綺麗《きれい》だった。

「勇輝」

眉を寄せ、溢れそうな感情をこらえるような顔をしながら、秋芳が俺の名を呼ぶ。

「俺を見て、足が動かなくなったと言ったな」

「ああ」

「ならば、訊いてもいいか?」

秋芳はいったん口を閉ざすと、息を吸い、そっと吐きだした。

「……俺のこと、好きか」

そのひと言の問いを、ずっと胸に溜め込んでいたような、重みのある低く静かな声だった。

俺は男の顔をしばらく見つめ、己の気持ちが彼のほうへと流れ込んでいくのを感じながら、おもむろに口を開いた。

「好きだ」

俺も、ずっとこのひと言を言いたかったんだ。

抑え込んでいたその想いを口にしたとたん、ずっと探していたものを手にしたときのような喜びが胸に溢れ、のどの奥が熱くなった。

「そうか……」

秋芳の目が潤んで光る。彼はそれを隠そうとするように天を仰ぎ、感動をかみしめるように目を瞑った。

十三

　せっかくウサギが現れたのに帰らなかったことを、つきあってくれた王や評議衆の面々に謝ると、にこやかな笑顔と祝福が返ってきた。

「よかったなあ秋芳」

「見てるこっちがやきもきしてたよ。いや、よかった」

　俺がここへ残ることにした理由ははっきりと伝えてないのだが、まあ、一部始終を見られていたわけだし、ばれて当然か。赤面しながら海辺から引きあげ、屋敷へ戻ると部屋まで秋芳がついてきた。

「勇輝……」

　居間へ入り、戸口を閉めるなり背中から抱き締められた。抱き返したくて身体をひねろうとしたら、顔を覗き込まれた。

「さっき思ったんだが、帰る機会はまたあるってことは、まだ帰る気でいるんだよな……。ここに永住する気になったわけじゃないんだよな」

「それは、おまえ次第じゃないか」

不安そうな声に、俺はいたずらっぽく笑って顔をあげた。

秋芳が神妙な顔をする。

「わかった。あんたが帰りたくならないように、がんばればいいんだな」

まじめな顔がおりてきて、俺は目を閉じてキスを受けた。柔らかくなんどかついばんだあとに唇を開けて舌をだし、相手のそれを迎え入れる。想いを伝えたあとのキスはいつも以上に興奮する。相手の舌先をつつくように舐めると、応えるように舐め返されて、やんわりと吸われる。それから巻き込むように根元まで絡められた。濃厚なキスに口の粘膜をとろかされ、頭がくらくらするほど気持ちよくて夢中になった。だが、身体もいつも以上に熱くなっていて、早く先に進みたい気持ちも強かった。

俺をすっぽりと包む男の身体も熱く、腰に硬いものが当たる。俺は身体のむきを反転させて男の背に腕をまわし、貝の口に結ばれた帯をほどきにかかった。

「今日はずいぶん積極的なんだな」

「そういう気分なんだ。……早くほしい」

「あんたがそんなことを言ってくれるとは、夢でも見てる気分だな。むこうに行こう」

秋芳は口元で色っぽく笑んで、俺の手を引いて寝室へむかった。そして手早く布団を敷くと、俺を抱き寄せてそこへ寝かせた。

ふたたびキスを交わす。

「は……ふ……秋芳……」

上に覆いかぶさられてキスをされながら帯を解《と》かれ、襟を開かれる。首筋から胸、脇腹へとなぞるようにゆっくりと手を這わせられた。指先と手のひら全体を使って素肌の感触を確認するように、じっくりとまさぐられる。

「秋芳……そういうの、いいから……早く」

丁寧な愛撫《あいぶ》は嬉しいが、いまはもどかしく感じられた。俺は早くひとつになりたくて、自ら着物の袖から腕を抜き、ほどけかかった秋芳の帯に手をかけた。ほどきながら右の太腿をあげ、男の股間へ誘うようにこすりつける。中心は、すでに硬く興奮している。それは俺もおなじだ。

秋芳はうめくように喉を鳴らすと、身を起こし、興奮した面持ちで乱暴に着物と下着を脱ぎ捨てた。それから俺の下着を引きおろす。

俺の中心が、下着にこすれてぷるりと揺れながら姿を晒す。形を大きくさせてそり返っているものに、秋芳の大きな手が添えられる。指と手のひらでゆったりとしごかれ、先走りがこぼれると、男の顔が先端に寄せられ、掬いとるように舐められた。アイスを舐めるように先端から茎へと丹念に嬲《なぶ》られると、疼くような快感が走り、腰をくねらしてしまう。

「あ……ふ……っ」

まだはじまったばかりだというのに息を乱され、呼吸は鼻に抜けるような喘ぎ混じりとなる。自分の声じゃないみたいで恥ずかしい。

喉の奥まで咥えられ、陰嚢《いんのう》をやんわりともてあそばれ、快感に誘われるように自然と脚が開く。すると秋芳の唇が俺のものから離れ、陰嚢を舐め、さらに奥へと舌が這っていく。

濡らされた肌に秋芳の興奮した吐息が吹きかかり、その刺激で毛穴とともに後ろのすぼまりがきゅっと締まる。

気持ちいい。だが早く身体の中に秋芳のものを埋め込んで満たされたかった。

「な、あ……秋芳」

「ああ、待ってろ。いま軟膏を」

「あ……待て」

脱ぎ散らした着物のほうへ秋芳が手を伸ばず。俺はふと思いついて、それをとめた。

「気持ちよくなる成分が入ってない軟膏ってあるか?」

「いまは持ってないが、なんでだ」

「いや……薬でごまかさずに、正気で、おまえと繋がりたいな、なんて思って……」

男に抱かれること、感じてしまうことを、いつも軟膏を言いわけにしていた。だが今日からはそんな言いわけを使う必要はなくなったし、使いたくなかった。薬で流されることなく、しっかりと秋芳を感じたかった。もし痛くても、かまわないと思えた。

「でも、ないなら――あっ？」

言い終えるのを待たずに顔を埋めた男に、すぼまりを、ぬるりと舌で舐められた。

「ちょ……んなとこ、……っ」

予想外の行為に焦る。

「嫌か。軟膏じゃなくてもいいなら、俺はこうしたい」

「だが……、あ……っ」

ぬぷりと舌が中に入ってきた。指よりも柔らかく弾力のある感触に、覚えのない快感がそこに広がった。

襞《ひだ》を広げるように舌で内部をかきまわされ、唾液を送り込まれる。

軟膏のような粘度のない唾液は水っぽくて、抜き差しされるごとにぬちぬちといやらしい音が聞こえてきた。その刺激で、放っておかれている前から先走りが溢れてしまう。

「あっ……あ」

襞の隅々までたっぷりと濡らされると今度は指を奥まで入れられて、背が仰け反る。軟膏を使わずとも痛みはなかった。どころか軟膏による催淫効果やぬめりがないぶん、指の節や太さをつぶさに感じ、いつもとは違う刺激に声があがってしまう。

「だいじょうぶだよな」

「平気……だが……っ、ん……っ」

秋芳が中に指を埋め込んだまま覆い被《かぶ》さってきて、俺の首筋に口づける。下では二本目の指が入ってきて、俺は男の頭に抱きつくように腕をまわした。指の先にウサ耳がふれ、無意識に片方を握りしめた。さわったら変態だとかそんなことは気にしてる余裕もなく、また秋芳も文句を言わなかったので、遠慮なくつかんで、下から与えられるぞくぞくするような強い刺激に耐えた。

荒い息をこぼしながらそこをほぐす作業に耐え、男の太い指を三本呑み込まされても苦痛のないほどそこが緩むと、指が引き抜かれた。軟膏を使わなかったせいか、いつもよりもじっくりといじられたそこはとろとろに蕩けている。快感で力が抜けた俺がウサ耳から手を離すと、秋芳が身を起こした。

見おろしてくるまなざしは色っぽく、男の欲望で彩られている。切羽詰まっているようで、早く繋がりたいという思いが俺以上に強く溢れているようだった。

脚を大きく広げられて、太い猛りが入り口に押し当てられる。

秋芳はものも言わず、身体を進めてきた。

「――っ」

みちみちと、熱い楔が中に埋まっていく。そこを満たされる快感はいつも以上にリアルで、亀頭の張りだした部分や、茎の太い部分が粘膜をこすりながら入ってくるのを敏感に感じてしまって、身体がびくびくと震えた。

「あ……あ……っ、なんで……」

催淫剤を使っているのと変わらぬほど感じている身体に、うろたえてしまう。

すべてが俺の中に収まると、秋芳の手が俺の中心を包んだ。

「あんた、先っぽぐりぐりいじられるの、好きだよな」

先走りを塗り広げながら、亀頭部をいじられる。それにあわせて腰を動かされ、中のいいところを抉るように突かれたら、うねるような熱と強い快感が突風のように奥から生じた。

「あ……っ、あっ！」

「乳首は、もっと好きだよな……」

秋芳が身を倒し、俺の乳首に吸いついてきた。

「や……そこは」

「嫌か？」

唇が離される。嫌だと言ったらたぶん秋芳はそれ以上ふれてこないだろう。

俺の視線の先にある乳首は、刺激を待ちわびてせつなそうに勃ちあがっている。秋芳が俺の返事を待ちながら緩く腰を動かす。

「さ……さわってほしい……」

男なのに乳首をいじられて喜ぶなんてとためらう気持ちはある。しかし言いよどんだ末に、俺は男の腰の動きにそそのかされるようにねだっていた。もう、かまわないと思えた。

すぐに舌で舐められた。遠慮なく吸われ、舌先で転がされ、軽く歯を当てられるとどうしようもなく腰が疼いて、秋芳が入っている部分にまで火がともるようだった。

「あぁ……っ」

繋がったばかりで様子を見ているのか、抜き差しは激しいものではない。しかし奥のいいところを的確に突いてくる。指も舌も、弱いところを余すところなく刺激してきて、俺を翻弄する。

「……ちゃんと、気持ちよくなってるよな」

「ん……っ」

「よかった……いつか、薬に頼らず、俺で気持ちよくなってほしいと思ってたんだ」

秋芳が嬉しそうに呟いて、俺の奥を深く貫く。

「勇輝……好きだ」

ふいにささやかれ、胸が高鳴る。物理的な刺激以上に、その甘い言葉が俺を興奮させた。

「秋芳……もっと……っ」

欲望のままに素直にねだり、秋芳の腰に足を巻きつける。足先にふれた尻尾は、男の興奮を表すように立ちあがって揺れていた。

俺の求めに応じ、抜き差しが激しくなる。

「あ、あ……っ、ん……っ」

なんども深いところを貫かれて快感が身体中で渦を巻き、理性を奪っていく。与えられる悦楽を貪欲に追い求め、淫らに腰を振り、声をあげた。

以前は男というプライドから嬌声をあげたり胸をいじられて感じることに抵抗があった。だがいまは、この男の前ではすべてを晒してもいいのだと思えて素直に声をあげていた。好きだと思いを打ち明けて、いまさら催淫剤を言いわけにする必要もない。

日本に帰るよりもこの男を選んだという事実が、俺の心を裸にさせた。

「達きそ……」

高められた熱が全身を巡って下腹部へ集中している。これ以上ないほど膨れあがった快感が、繋がっている部分から溢れ出そうで、限界を告げた。

「このまま達くか？」

「ん……っ」

男の肩に縋りつき、解放の瞬間に備える。すると、抜き差ししていたものが動きを緩め、ぎりぎりまでゆっくりと引き抜かれた。

あ。くる。そう思って内股に力を込めた瞬間、ずぶりと突き入れられた。

「あ、あっ！」

最奥《さいおう》までいっきに穿たれ、えもいわれぬ快感に全身を震わせながら熱を放った。俺が自分の腹を濡らしているあいだ、秋芳は俺の内側を濡らす。達ったあとも心臓の鼓動は激しく脈

打ち、血流が疾走していた。大きく息をつくが、この男とのセックスはこれで終わるはずもなく、余韻に浸るひまはない。汗ばんでぬるつく片脚を彼の肩に担ぎあげられ、今度は横をむいた体勢で深く突き入れられる。

「あ……っ、そんなに……、っ、ひ、ん……っ」

深い結合に眉を寄せる。秋芳が様子を窺うように腰を揺らして、先端で奥をこする。

「奥、よくないか」

「ん……、いい……っ」

短く答えると、秋芳の腰使いに遠慮がなくなった。

激しく肉がこすれあい、摩擦によって身体の奥で新たな火が燃えあがる。全身から汗が流れ、シーツが湿る。熱い息を吐きだしても、身体の内部へ快楽を送り込まれて熱は高まる一方で、発する熱で室温まであがっているようだった。

「好きだ……、……っ」

熱と快楽に浮かされて無意識に口走ると、秋芳が一瞬動きをとめた。そして静かに手を伸ばし、俺のひたいに流れる汗を拭いながら、顔を隠していた髪をそっとかきあげた。

互いの視線が深く絡みあう。

きっと俺は目を潤ませ、頬を紅潮させた、快楽に溺れたいやらしい顔をしているだろう。そんな顔も、見られてもかまわないと思えた。それで秋芳が欲情してくれるのなら、こんなに嬉しいことはない。

秋芳は、いとしくてたまらないと言わんばかりのまなざしを送りながら、もういちど俺の髪にふれ、ゆっくりと律動をはじめた。それは徐々に激しくなり、ふたたび俺を夢中にさせる。この男と熱を分けあうこと以外には考えられず、獣のようになんども交わる。

「勇輝……」

二度目の解放はそれからしばらくしてからだった。だがそれでも終わらず、いったん身体を離して後ろから繋がり、足腰立たぬほどすると、ようやくひと息つけて、いっしょに布団に横たわった。

「もうすぐ夜が明けそうだな」

満足げな大男が俺を抱き寄せようとしたが、俺はその手をやんわりと押し留めて、上目遣いに見あげた。

「ちょっとうつぶせてくれ」

言われるままに秋芳がうつぶせる。その尻にある尻尾は、ご機嫌そうに緩くふられていた。

「かわい……」

ふわふわのそれを、俺はそっとさわった。柔らかな感触に、自然と笑みがこぼれる。

「あんたは変わってるな。耳をつかんだり、尻尾を喜んでさわったり」

「この尻尾、稲葉さんには見せるなよ」

「なんで。頼まれたって見せないけどさ……」

「なんでも」

泰英はこの尻尾を見たら喜びそうな気がするので、見てほしくない。これを褒めるのは俺だけでいい。

「あんたに喜んでもらえるなら、この尻尾も、いいもんかもな……」

ぽつりと呟く男の背に、俺は愛しさを覚えてくちづけた。


「なんかさ、こういう冒険ってロマンだよな。実現したらわくわくするよ」

あれから数ヶ月が過ぎていて、春になったら国土の測量や調査など諸々《もろもろ》をかねて島の北部にある山へ行こうという話が持ちあがっていた。まずは俺と秋芳の調査団が事前調査に入り、その結果で国王と泰英も第二団で行くことになる。王と兎神が行くとなるとかなり大規模な一団を編成することになりそうで、そのプランを関係者たちと泰英の部屋で話しあっていた。

そのあいだ泰英は始終ご機嫌だったんだが、俺以外の人たちが退室すると、微妙に表情を変えた。王もすこしだけ席を外していてふたりきりだ。

「俺も行くなんて言っちゃったせいで必要以上に大がかりになっちゃったんだが、よかったかなあ。那須くんに任せればじゅうぶんだったかも」

「俺やここの人たちだと見落としてたことを発見できるかもしれないですから、稲葉さんも行かなきゃだめですよ。ゴムがほしいからゴムの木っぽいものを見つけてくれって言われても、俺、自信ないですし」

「そっか。そう言って背中を押してもらえるのは嬉しい」

泰英が表情を和ませる。

「那須くんと話してると、話がすぐに通じるのが助かるよ。やっぱり日本人同士だと、共通認識できてる安心感があるよな」

「とんこつラーメンと言ってわかるのはふたりきりですからね」

「はは。そうだなー。俺はここの食生活に慣れたけど、でもたまにビールが飲みたくなったりする」

「作ろうと思えば作れるんじゃないですかね」

「うーん。おいしくできるかな……」

日本の食べ物をここでも再現できないか、あーだこーだとひとしきり言いあい、笑いあったのちに、泰英がひと呼吸置いて改めて尋ねてきた。

「でもさ、旅の話に戻るけど、ほんとにいいのかな。ただの物見遊山になる可能性のが強いのに」

「それはそれでいいんじゃないかと。気分転換は必要ですよ」

泰英が穏やかに言う。

「俺さ、この国のためにとか言っていろいろやってるけどさ、ほんとにこれでいいのかなって不安になることがよくあるんだよ。隆俊くんとか相談できる人はたくさんいるけど、みんな日本のことを知らないし、兎神の言うことならばって盲目的に信じてたり、遠慮して言えなかったりっていうのもあるから。だから日本を知っているきみが相談役としていてくれるのは、すごく助かるんだ。これからもよろしくな」

常に大人の泰英がこんなふうにチラとでも不安を漏らすだなんて、初めの頃は考えられもしなかった。それだけ頼りにされるようになってきたのだと思うと、かなり嬉しい。

目下のところ俺は泰英の補佐もろくにできず、勉強中の身の上だが、いずれは自分の興味のある分野にもっと関われたらと思ったりもする。髪を切る技術はここでは必要ないと言われたが、でも髪が短くたってウサ耳族にもおしゃれ心はあるだろう。泰英が基本的な生活に根ざした方面で力を発揮するならば、俺はファッションやスポーツなんかの文化面で関われたらいいと将来の夢を抱いている。

すぐにできることとして、川で水泳教室を開いたらどうだろうと思いついたりもしたんだ。ウサ耳族は泳ぎが苦手みたいだし、海にうっかり子供が落ちたときのために、いいんじゃないかと思ったんだが、それはいまのところ秋芳と評議衆に却下されている。教師の俺がエロ過ぎるからだめなんだとさ。

まもなく王が戻ってきて、入れ替わりに俺は退室した。

髭剃り事件などで俺をずっと警戒していた王だが、最近はほんのすこし、信用してもらえている気配を感じる。秋芳とくっついたことで、泰英に性的な興味を持ってないってことがわかってきたのかもしれない。

今夜は出かける用事があるので早めに夕食を済ませ、支度を終えると秋芳が迎えに来た。

「行くか」

今夜は満月。夜の浜辺へ行くのである。


「けっこう冷えるようになってきたな」

穏やかな気候といってもさすがに冬の夜は冷え込む。浜辺にすわり込んで数時間。寒さに身を震わせると、となりにすわっていた男が俺の背後にすわりなおした。その姿勢で抱え込むように抱きしめられる。

「風邪引くなよ」

「ああ」

大きな身体にすっぽりと包まれ、気恥ずかしく感じながらも心身ともに温かかった。

身をゆだねると、優しく髪を撫でられた。

俺の髪はずいぶん伸びていて、根元からの数センチは黒い地毛になっている。

茶髪を後光と信じていたみんなは、この髪の変化は秋芳との毎日の性交によるものだと思っているようだ。秋芳の尽力により俺のエロースの力が抑えられている証《あかし》だとか、でも新たな魅力がどうとか言っている。俺としてはみんなの評判よりも秋芳の反応が気がかりだったんだが、黒髪も好きだと言ってくれて、伸びるのを楽しみにしてくれているようで、ほっとしている。

「なあ勇輝」

「なんだ」

「その……俺たちもさ、陛下や兎神みたく、ふたりで暮らす家を建てたらどうかと考えてるんだが」

照れたような声で提案された。が、俺はすげなく却下した。

「いまのままでなんの不都合もないだろうが。職場には最短距離で便利だし」

「そりゃ、職場は近いけどさ……あそこだと邪魔が入りやすいし……あんたがじつは変態じゃないって徐々に気づかれてきてるから、心配だし……」

「家を建てる金がないだろ」

俺が断った理由が金と知って、秋芳の声が明るくなる。

「なんだ、金の心配か。それなら問題ないぞ。とんでもない豪邸は無理だが、ふたりで暮らすぐらいの家なら」

「秋芳はあるだろうけど、俺は金がないんだ」

泰英の仕事の手伝いを本格的にするようになり、俺も多少の俸給を貰《もら》えるようになっているが、微々たるものだ。家なんて夢のまた夢だ。

「あんたはださなくていいんだ。俺が建てるから、いっしょに住んでくれるだけでいい」

「それじゃ嫌なんだよ。折半じゃないと、呑めないな」

頑として首を縦にふらずにいると、秋芳がため息をついて肩を落とした。

「あんたはそういうやつだよな……」

「がんばって働くから。金が貯まるまで待ってくれ」

まじめに答えると、秋芳が急ににやけた声をだした。

「そうか……俺と暮らすためにあんたががんばって働いてくれるっつーのも、なんか、いいな」

俺の返事が秋芳のツボに嵌まったらしい。深い意味を込めたつもりはなかったんだが……。

首をかしげて砂浜へ視線をおろした。

「今夜も来ないかな」

俺たちは毎月満月の夜はこうして砂浜でひと晩を明かすことにしていた。あの白い子ウサギに会うために。

今夜も現れないかもな、と早々に諦め気分になっていたとき、秋芳が声を張りあげた。

「勇輝！」

俺も遅れて、気づいた。あの白い子ウサギが、どこからともなく現れて、浜辺をぴょこたん跳ねていた。

「行くぞ」

俺たちはすぐさま立ちあがり、横に置いていた虫取り網を手にして地を蹴《け》った。

「勇輝っ、挟み撃ちにするぞ」

「了解」

ウサギにはまもなく追いついた。ふたりがかりでウサギに襲い掛かり、狙《ねら》い澄まして網をふりおろす。

俺がおろした網をウサギがぎょっとしたように跳び避《よ》けた、そこをすかさず秋芳が捕らえる。

「やった！」

網に捕らえたウサギを、俺はそっとつかみだした。

ウサギは「なにすんねん」とでも言いたげな目つきで俺を見て、じたばたもがく。

「すみません。ちょっと頼みたいことがあるんです」

相手はウサギだが、なんとなく敬語を使って話す俺。

「これを、日本に届けてほしいんです。俺も稲葉さんも無事だって、知らせてほしいんです」

俺は懐から包みをとりだした。泰英と俺、それぞれの家族へ宛てた手紙を油紙で包んだものだ。それをウサギの胴体へ紐《ひも》でくくりつけると、ウサギを解放した。

「お願いしますよー。日本の人にちゃんと届けてくださいねー」

子ウサギは俺の手を離れると、一目散に海へむかって跳ねていき、やがて姿を消した。

「うまくいくかな」

「たぶん、な」

あのウサギが俺や泰英の人生を大きく変えたのだから、これぐらいの後始末はしてくれなきゃ。

「勇輝」

なにも見えない暗い波間を眺めながら秋芳が言う。

「後悔させないように、努力する」

この選択でいいのか、本当に後悔しないか、今日までふたりでなんども話しあってきた。

その結果、選んだ道だ。

後悔しないか？　とは、秋芳ももう訊いてこなかった。ただ、自分の決意を真摯に俺へ告げてくれる。

しんみりしたのはつかのまのこと。秋芳のほがらかで優しい声が空気を変える。

「さて。いつまでもこんなところにいたらワニに食われちまう。屋敷へ戻ろう」

「ああ」

大きな手に抱き寄せられ、抗《あらが》わずに身を預けると、いとおしむような手つきで髪をそっと撫でられた。

男のほうへ顔を寄せると、彼が首から提げている首飾りに目がいった。

それは秋芳が自分で裁縫して作ったナス形の袋で、中にはいつぞや渡した俺の髪が入っている。

「秋芳」

俺はそれを見てこっそり微笑み、甘えるように呼びかけた。

「これからも、よろしくな」

「ああ。こちらこそ」

俺たちは顔を見あわせて微笑み、浜辺をあとにした。

そんなわけで、父さん、母さん、みんな。手紙は無事に届いたかな。俺は恋人と仲良く暮らしている。またウサギが現れたら手紙を送ろうと思ってる。もし恋人とけんかをしたら日本に戻るかもしれないけど、たぶん、それはないと思うんだ。それじゃ、また。

イナバ日記

○月○日

朝、目を覚ますと俺はたいてい隆俊《たかとし》くんの腕の中にいる。それで、甘くて蕩《とろ》けそうなまなざしに見つめられている。

「おはようございます」

声も甘い。

「……おはよ」

俺がはにかみながらあいさつを返すと、まぶたやひたいや頬《ほお》や唇、あちこちにキスされて、髪を撫《な》でられ、ぎゅっと抱きしめられる。

こっちに戻ってから三ヶ月。

ふたりきりのときは始終こんな感じで、寝ているときもキスされてるっぽい感触を感じるときがある。

「泰英《やすひで》さん……」

名を呼ぶ声は、よりいっそう甘く優しい。俺のことが好きだっていう気持ちが伝わってきて、もう……毎日が幸せすぎる……。

「いつも、起きるの俺より早いよな」

隆俊くんの優しい瞳《ひとみ》が、微笑《ほほえ》む。

「夢みたいで……。あなたが私の腕の中にいることが、いまだに信じられなくて、早く目覚めて、確認したくなるんです。あなたの寝顔を眺めるのは、ひと晩中だって飽きないですし」

「そ、そう」

照れてしまって、返す言葉が見つからない。

でも俺も気持ちを伝えたくて、彼の背中に腕をまわして抱きつくと、隆俊くんが次第に興奮してきて、俺の浴衣《ゆかた》の帯をほどく。

「交わっても、だいじょうぶですか」

「うん……」

エッチは朝晩している。

すごく大切に丁寧に抱かれてるけど、ときどき隆俊くんが興奮しすぎて激しくなるときもあって、そんなときは朝になっても動けないことがある。昨夜は時間をかけて愛されたけど、一回だけだったし、いつもどおり気遣ってもらえたからひと晩休んだら回復していた。なので今朝も、俺をほしがる隆俊くんに身をまかせて愛しあった。

これから仕事だっていうのに、その前にこういうことをするのは、なんというか、はじめの頃はとても困ったんだけど、慣れてきた、かな。

日本にいた頃は朝はぎりぎりまで寝てるほうで、遅刻はしょっちゅうだったんだが、ここにきてからは、この毎朝のエッチのために早起きになった。エッチを終えてすぐに仕事なんて気分になれないから、風呂に入る時間も必要だ。

日の出とともに起きて日没とともに身体《からだ》を休める、健康的な毎日になり、日本にいた頃の不規則な生活がうそみたいだ。

ことを終えると抱えられて風呂場に行き、ふたりでいっしょに風呂に浸《つ》かって、身体に残る余韻を落ち着かせる。それから部屋へ戻って朝ご飯を食べていたとき、評議衆のひとりが慌ただしく駆け込んできた。

なんでも、海に人が倒れているとか。しかもその人は耳が生えてなくて、小柄なんだとか。

「どうも、容姿が我々よりも兎神《うさぎがみ》に近いように思われまして……」

「ほんとっ？」

うっわ、それってもしかして日本人じゃないのか？　と俺はすぐにむかおうとしたんだが、隆俊くんにとめられた。

「海はいけません。その者をこちらに連れてきます」

俺が海に近づくことを、隆俊くんはひどく嫌がる。俺がまたうっかり日本に戻りやしないかと心配なのだろう。その気持ちはわかるんだが、倒れている人が日本人だったら、俺が現場に行ったほうがいいと思うんだ。それでちょっともめたんだけど、最終的には隆俊くんが折れてくれて、帯で手首を結ばれて、絶対に離れないって条件で海辺へ連れていってもらえた。

行ってみたら、やっぱり日本人だった。

はー、びっくりした。

那須《なす》くんという子で、聞けば、俺とおなじように大久野島《おおくのじま》から来たというじゃないか。この島で日本人と会うだなんて、ふしぎな感じだ。

那須くんはふつうの日本の若者だったんだけど、それがすごく感動的だった。そう、そうだよ、この反応がまともなんだよ、自分の感性はおかしくないんだと、心の中で叫んだよ。ウサ耳族の中で暮らしていると、俺ひとりがずれてるわけだから、俺っておかしいんだろうかとわけわかんなくなってくるんだよな。

佐衛門《さえもん》さんをはじめとしたみんなはいつもの調子だし、那須くんは驚いただろうなあ。俺は自分が初めてここへ来たときのことを思いだしながらいくつか説明したけど、理解してもらえただろうか。

評議所で、いつものごとくむちゃくちゃな理由で那須くんにもてなしを、なんて話になったとき、那須くんがエッチの相手に俺を指名してきたもんだから、これまたびっくりした。え、俺？　俺がいいの？　と思わずどきっとしたのは内緒だ。

いや、うん。

俺ならエッチしなくてすむと踏んでの発言だとすぐに気づいたけどさ。

でも隆俊くんは本気に受けとめたようで、会議の途中で俺を連れて退席してしまった。

「どういうことです」

ふたりきりになると、怖いくらい真剣に問いただされた。

「な、なにが」

「初対面のそぶりをしておりましたが、本当は旧知の仲なのではないですか。だからあの者はあなたを指名したのでは」

「それは違うよ」

誤解だし俺と彼は初対面だと、ものすごく時間を費やして説明したんだが、なかなか納得してもらえなかった。

「あなたのほうは彼を知らなかったとしても、むこうはそうではないかもしれません。もしかしたら月の神々が、あなたを連れ戻そうと計画して彼を送り込んだということだって考えられます」

そんなことを言うのは、それだけ心配なのだろう。連れ戻しに来たなんてどう考えたってありえないんだが、どうしてありえないのか、日本を知らず俺を神と信じている彼に理解してもらうのは難しい。

「あなたを連れ戻されてしまったら、私は……」

説明に困っていると、疑惑を強めた彼に身体を引き寄せられ、抱きしめられた。

「あなたを手に入れたと思ったとたんに、また、失うのですか……。夢みたいだと思いながら毎日を過ごしてきましたが、やはり、夢だと……私は……もう、あんな思いは……」

離ればなれになっていた一年を思いだしたのか、切々と想いを告げる声は震えていた。俺を抱く腕の力が強まる。

「誰があなたを奪おうとしても、私はあなたを帰すことはできません」

思いつめたような言葉には俺への気持ちが溢《あふ》れていて、こっちも胸がじーんとして、つられて必死にしがみついた。

「俺だって、帰る気はないよ。二度ときみのそばから離れるつもりはないから。約束する」

強く抱きしめ返して、きっぱりと宣言してやった。

隆俊くんが切なげなまなざしで俺を見おろす。

「約束、ですよ」

「うん。ずっときみのそばにいるよ」

那須くんへの疑惑がなくなったわけではないけど、隆俊くんはどうにか気持ちを収めてくれた。

でもそのやりとりが彼の心のべつの部分を必要以上に刺激してしまったようで、興奮した彼に押し倒されてしまった。しかもいちどだけでは収まらなくて家に戻ってからも続き、ハードなエッチのためにその日は足腰立たなくなって、那須くんに会いに行けなくなってしまった。

那須くん、心細く待ってるんじゃないかなあ。秋芳《あきよし》くんをもてなし役にって言われてたけど、だいじょうぶかな。

○月○日

那須くんが来て二日目。

今日も那須くんとの会話の途中で隆俊くんに連れ去られてしまった俺。

「横になって休んでください」

「そうじゃないだろう。なにか、俺に言いたいことがあったんじゃないか」

顔色が悪いと言われたが、なにか話があって連れてこられたのはわかった。だがふたりきりになると、昨日とは違い、隆俊くんはすぐに話を切りだそうとしない。

促すと、ためらいながら告げられる。

「やはり……彼に近づいてほしくないです」

「どうして」

「……心配です」

「そんなに警戒しなくてもだいじょうぶだって。那須くんは俺を連れ帰るために来たんじゃないし、昨日約束しただろう」

まだ話さなきゃいけないことがあるからと説得して、もういちど彼のところへ行く承諾を得たんだが、隆俊くんは納得していないというか不安そうというか、落ち込んでいるというか。

その日の仕事を終えて家に戻ってからも、なにか言いたげな目で俺をじっと見つめてきて、落ち着かない様子だった。これはきちんと話しあわなきゃいかんと思って、改めて問いただした。

「今日はどうしたんだよ。いったいなにがそんなに心配なんだ」

「泰英さんは……式神のような方が、好みなのですね……」

しょげたように言われたが、俺はなにを言われているのかわからなくて首を傾《かし》げた。

「格好いいと……式神に。私は、そんなことをあなたに言われたことはないので……あなたの気持ちを、彼に持っていかれやしないかと心配で……」

そこまで言われて、ようやくわかった。

「え、いやっ、そのっ」

なんというか、焦った。

たしかに俺は那須くんにかっこいいと言ったが、いまどきの若者って感じだなって思って、あまり深く考えずに口にしたんだよな。

俺みたいに腑抜《ふぬ》けた顔じゃないのにウサ耳族に魅力的だと言われているのが意外で、そのことに気をとられていたから、隆俊くんに聞かれていることをまったく意識していなかったんだ。

俺はシャイで有名な日本人の男なんだ。

それも乙女なゲイなんだ。

かっこいい、なんて言葉はさ、意識してない相手には気軽に言えるけど、本気の本命の相手には、逆に言いにくいもんじゃないか。

でも、ああ、隆俊くん、ダメージ受けたんだなー。耳が垂れてるぞ。

「どうしたら、私もあなたの好みに近づけるようになるでしょう」

「いや、いまのままでじゅうぶん……か、かっこいい、から」

これ以上かっこよくなられたら、俺、まともに隆俊くんを見れなくなるって。

「俺の好みは、きみだから」

ああもう、面とむかってこういうことを言うのって、すごく照れる。

俯《うつむ》いていると、彼がにじり寄ってきて、俺を膝《ひざ》の上に抱えた。

「泰英さん……気休めでないなら、私の目を見て、もういちどおっしゃっていただけますか」

照れて赤くなった顔を真剣な瞳に覗《のぞ》き込まれる。

「そういうことを、あなたはめったに口にしてくださらないから。本当に思ってくださってますか」

「本当だよ」

「式神よりも?」

「うん……誰よりもかっこいいと思ってるし……好き、だ」

隆俊くんに、大切なものを扱うような慎重な態度でキスをされた。

「そういうきみこそ、どうなんだ。みんなは那須くんを魅力的に感じてるみたいだけど」

「たしかに月の方ですから、我々とは異なる魅力を持つお方だとは思います」

あ……隆俊くんも、那須くんに魅力を感じたのか。

那須くんのほうが好きだと言われたわけじゃないが、これは思ったよりショックだな。

そうか。俺も那須くんをかっこいいって言ったとき、隆俊くんにこんな思いをさせたんだよな。

「ですがそれはあくまでも客観的な意見であって、私は式神をほかの者のように魅力的だとは感じません。あなたほど私を惹《ひ》きつける者はこの世におりません」

俺のまぶたに優しいキスが落ちる。

「私のすべてはあなたのものです」

甘くささやかれてなんどもキスされて、すごく幸せな気分だった。

俺が那須くんをかっこいいなんて言ったせいで、隆俊くんはますます彼への警戒を強めたようだけど、でも那須くんは日本へ帰る気満々だと教えてやったらちょっと安心したっぽい。

那須くんはいい子だし、ここにいてくれたら俺は嬉しいけど、でも帰りたい気持ちはよくわかる。

無事に帰れるよう、祈ってやりたい。

○月○日

事件が起きた。髭剃《ひげそ》りだ。

那須くんに髭を剃ってもらっているところを隆俊くんに目撃されてしまった。

あんなことになるなんて、油断していた。

数日前に那須くんが俺の耳にさわったとき、他意はないんだっていくら言っても隆俊くんはものすごく嫉妬《しっと》して、その夜は激しく抱かれたんだが、その比じゃないほど隆俊くんが怒りくるった。

俺は那須くんのことをなんとも思ってないし、ましてや誘ってなんかいない。那須くんのほうも俺に恋愛感情はない。俺が好きなのは隆俊くんだけだって、なんども言った。言ったんだが、隆俊くんの理性は崩壊していて、もう……。

すごく恥ずかしいことをいっぱい言わされて、恥ずかしいこともして……。

身体が壊れるかもしれないと、本気で思った。

○月○日

晴天。今夜は満月。

那須くんが来てからひと月半が経《た》ち、彼が日本へ帰るために海辺へ行く日だ。

俺も海まで見送りに行きたかったが、隆俊くんがだめだと言う。うっかりウサギを追いかけて日本へ戻ってしまった過去があるからなあ。日中ならまだしも、ウサギが出現するかも知れない満月の夜に海なんて、まあ、無理だよな。

彼が心配する気持ちはわかるし、俺も日本に戻っちゃったりしたら困るので、素直に従うことにして、那須くんの部屋へ行った。

そうしたら、布団から起きあがれない様子の那須くんと、その横で申しわけなさそうな顔で正座する秋芳くんがいた。

うーん。ものすごく身に覚えのある光景だ。

秋芳くんは那須くんのもてなし役になったので、毎日エッチしていることになっている。でも俺、このふたりって、エッチしてないいんじゃないかなーって気がしてたんだよな。なにしろ那須くん、疲れた様子もなく、毎朝元気でけろりとしてたから。

秋芳くんがいつも切なそうな顔をして那須くんを見つめてたのは気づいてたけど、那須くんはノンケだしなあと思ってたんだが、進展したんだなあ。

思い返してみると、那須くんも初めの頃と比べると、秋芳くんへの態度がちょっと変化してたかも。

それなのに帰っちゃっていいんだろうか。帰ったあと、秋芳くんは……なんて、俺が首を突っ込むことじゃないけども。

那須くんと付き添いの隆俊くんを見送ったあと、となりにいた秋芳くんがぽつりと言った。

「兎神が月へ戻っていたあいだの陛下の様子を、誰かに聞いたことがありますか」

「いや……ないけど」

「痛々しくて、見ているこっちまで切なくなっちまって、とても見れたもんじゃなかった。神なんかに惚《ほ》れるもんじゃねえなって思ったけど……」

那須くんたちが去っていったほうを見つめながら、静かな口調で呟《つぶや》く。

「俺も、あんなふうになっちまうのかな……」

ひとり言のような呟きは切なすぎて、なんて言ったらいいかわからなかった。

「陛下は、兎神がまた戻ってくると信じていられたからいいけど、俺は……勇輝《ゆうき》は……」

秋芳くんは唇を噛みしめて気持ちを抑え込む。

「……那須くん、なんて言ったんだい」

俺がそっと尋ねると、乾いた声が返ってきた。

「二度と戻ってくる気はなさそうですよ」

山賊みたいな顔に、かすかな笑みが浮かんだ。でもそれは無理やり作った笑顔で、悲しくなるほど痛ましかった。慰める言葉が見つからず、俺はつかのま秋芳くんといっしょに過ごした。

秋芳くんと別れてから、俺はしみじみと隆俊くんとのことを思った。

俺も、隆俊くんにあんな顔をさせてしまったのかもしれない。

本当に帰ってくるかわからないのに、一年間、よく待っていてくれたな……。

日本へ帰りたくて帰ったわけじゃないけど、辛い思いをさせてしまったなと思う。もう一度と、離ればなれになりたくないと改めて思う。

家へ戻ってから、そういえば那須くん、久々に日本の服装をしていたなーと思いが及んだ。そんな思考の流れで、自分がここへ来たときに着ていた大久野島の浴衣はどうしたろうと思い、世話係に尋ねると、若い彼の顔色がとたんに青ざめた。

「そ、それは……」

どうしたんだろう。

この島に戻ったとき、洗ってくれるというので世話係に渡して、それきり目にしていないんだが、もしかしてなくしたか洗濯に失敗したかしたんだろうか。

「どうしたんだい。怒らないから話してごらん」

「だ、だめです、兎神。陛下がいないときにそんな……陛下が悲しみますっ。陛下だけでなく、すべての国民が嘆きますっ」

なんのこっちゃ。

問い詰めると、彼はしくしくと泣きだした。

「あの羽衣は兎神の目につかないところへ隠せと陛下から仰せつかっております。こればかりは、兎神の頼みとあれど、聞き入れることはできませんっ」

羽衣って……。

「……きみたちもしかして、あれがないと俺が月に帰れないと思っていたりするのか」

「はっ。なくても帰れるのですかっ？　あああ、そんなお話をされるということは、お帰りになるつもりでいらっしゃるのですねええーっ！」

「え、いや」

「陛下に知らせなければっ。ああ、でもこんなときにかぎって陛下は不在っ。だーれーかーっ！」

「待って待って。俺は帰るつもりはないからっ。浴衣があるならいいんだ」

泣きながら走りだす世話係を俺はなだめることができなかった。

結果、佐衛門さんが三十人ぐらいの護衛を連れてやってきて、泣きながら懇々と説得され、なんだかよくわからないお札を家中に貼りつけられて、護摩が焚《た》かれ、そのまわりでみんながマイムマイムみたいな踊りをはじめて、夜明けまで加持祈禱《きとう》につきあわされた。

隆俊くんが帰ってくるまで俺も起きていようと思っていたから、徹夜はかまわないんだけどさ。誤解なのになあ……。

しかし、隆俊くんが隠すように命じただなんて、そんな話は初耳だった。ほんとに心配性だな。

この様子だと、ほかにも俺の知らないところでいろいろと手をまわしてそうだよな。

あの浴衣は俺と日本を繋《つな》ぐものだから、まったく思い入れがないわけじゃないけど、しょせん宿泊所の浴衣であって、おふくろの形見とか親父の贈り物のような、大事なものでもないんだ。

彼が帰ってきたら、処分してもかまわないと話してみようか。

それで隆俊くんが安心してくれるといい。

○月○日

一夜明けて帰ってきた隆俊くんは、家の騒ぎに驚き、俺と左衛門さんから事情を聞いた。

その後、佐衛門さんたちを帰らせて、俺とふたりきりでむかいあった。

「隆俊くん。あの浴衣、燃やしてくれ」

隆俊くんがなにか言う前に、俺はそう告げた。

隆俊くんはこわばった顔をして、じっと俺を見つめてくる。

「本気でおっしゃってますか」

「うん。それできみたちが安心するなら、いいよ」

「しかし。あれは大事なものなのでは」

「そうでもないよ」

あっけらかんと言ってやる。

「あれがあることできみを不安にさせるんだったら、ないほうがいい」

本心からそう思う。あの浴衣に未練はなかった。

隆俊くんが不安になるのは無理もないと思う。俺は日本に帰ることはない、帰れないんだからって言っておきながら、急に消えちゃったんだもんな。

それが彼にものすごく深い傷を負わせたことは、知ってる。とくに那須くんがやってきてからは、隆俊くんの不安そうな言動から傷の深さを感じていた。

俺を信じてくれてるのはわかる。

でも、俺の意思に関わりなく、連れ戻されてしまうかもって、いつも不安を抱《いだ》いているみたいだ。

しばらく俺を見つめていた隆俊くんは、穏やかに首をふった。

「浴衣は、持っていてください」

隆俊くんは世話係に浴衣を持ってこさせて、俺に手渡した。

「私が間違っておりました。あなたのそばにいると、自分の心の弱さに気づかされ、恥じ入るばかりです」

隆俊くんが言う。

「正直に申しあげますと、眠っているあいだにあなたが消えやしないか、仕事で目を離しているときに消えやしないか、いまだに心配が絶えません。ですが、この浴衣を処分したところで、私の心配はつきないでしょう」

「でも」

「この浴衣に、なにも感じないわけではないでしょう?」

たしかに、これを見ると日本を思いだすけれど……。

「それなのに、これを燃やしてよいとおっしゃってくださる。いまの私の気持ちを、なんとお伝えしたらよいのか」

隆俊くんの手が、俺の手にふれた。

「私はあなたの思い出を消してしまいたいわけではないのです。月の記憶も、彼《か》の地への想いも、すべてを含めたあなたを愛しております」

真っ正面からまっすぐに、まじめにそんな言葉を告げられて、胸を打たれて涙が出そうになった。

こんなふうに気持ちを伝えてくれる隆俊くんを、俺も愛している。

もうさ、なんていうかな。

愛し愛されるって、すごいことだな。

世界が輝いて見えちゃったりしてさ。隆俊くんは俺を過大評価してるよなあって思ったりするけど、でも、だったら俺も隆俊くんにつりあう人間になれるようにがんばろうって素直に思えたりとかさ。

人を好きになることがこんなに幸せなことだって、この歳《とし》で初めて知った。

幸せすぎて鼻血が出そうだよ。

○月○日

降臨の式典がはじまった。

今日から俺は一週間ナスとキュウリをひたすら食べ続けることになる。そう、けっきょく食べるんだ。

栽培禁止って話はなくなったんだが、ナスを食べるのは儀式として譲れないと佐衛門さんに言われた。

式典の日取りが延期になったせいで、ナスとキュウリの時季は終わりかけている。みんなで食べるほどの量がないため、食べるのは俺と佐衛門さんと隆俊くんの三人のみ。那須くんは共食いはかわいそうだからという理由でまぬがれた。

那須くんがナスで式神だというならば、ナスを食べ尽くす意味がよくわからなくなるんだけど、まあ、それでみんなが納得するならいいさ。

ここは日本ほど調理のレパートリーがないから、一週間後はさすがに飽きそうだなー。

式典はお祭りみたいで、みんな楽しそうでよかった。

ただ、那須くんが物憂げな顔をしていたのが気になった。

次の満月まであと三日か。

「あのふたりのこと、どう思う？」

隆俊くんに話してみたら、彼はちょっと首を傾げた。

「どう、とは」

「ふたりとも、好き同士っぽいよな」

「式神も秋芳に？」

「はっきり聞いたわけじゃないけど、そうだと思う。でも、那須くんは帰るつもりなんだよな……」

「秋芳に、式神を繋ぎとめるだけの魅力がないのでしょうか」

「うーん。ふたりともいい子だから、うまくいってほしいんだけど」

那須くんが日本に帰りたい気持ちはよくわかるし、難しいな。

「秋芳を見ていると過去の自分を見ているようです。兄としても、応援してやりたいものですが……式神もここに遊びに来たわけでなく、任務がありますし」

「いや、まあ、任務というか……うん」

ほんとはべつに、任務なんかないんだけどなあと思いつつも、頷《うなず》いておいた。

このことに関しては、よけいなことを言わずにいたほうがよさそうだ。また隆俊くんに妙な疑惑をかけられて嫉妬《しっと》されてしまう。

「任務を終えて、ふたたびこの地へやってくるということは、難しいのでしょうね」

「どうだろうなあ」

適当に返事を返してから、おや、と気づいた。

隆俊くん、これるならば来てもいいとでも言いたそうな口ぶりだ。

那須くんのこと、あれほど警戒してたのに。

すこし、信用しはじめてるのかな。

うーん。そうかあ。隆俊くんとも仲よくなれそうなのに、那須くんが帰る気なのはますます残念だな。

それにしても那須くんも秋芳くんも、ふたりとも辛いよな。

自分は見守ることしかできないけど、
でももし助けを求められたら、できるかぎり力になってやりたい。

○月○日

満月の夜。那須くんと出かけていった隆俊くんが夜中に帰ってきた。

二度目のチャレンジの日で、俺も日本に思いをはせながら、眠らずに寝室の縁側から満月を眺めていたところだった。歩み寄ってきた彼を見あげる。

「彼、帰れたのか」

夜明けまで待たずに帰ってきたということは、ウサギが現れたんだろう。そう思ったんだが、隆俊くんは首をふった。

「いいえ。ウサギは現れましたが、式神は秋芳をとりました」

隆俊くんがわずかに口元をほころばせる。その表情を見て、詳しく説明されなくてもぴんときた。

うわ、もしかして。

「ここに残ることに決めたのか」

「詳しくは聞いておりませんが、どうもそのようですよ」

俺はおもいきり目を見開いて隆俊くんの笑顔を見つめ、それから満面の笑みを返した。

そうかー。そうかあ。那須くん、よく決断したなあ。秋芳くん、よかったなあ。

「よかったなあ秋芳くん」

「そうですね。私としても、あれの元気がないのはいささか心配でしたので、ほっとしました」

那須くんを警戒していたはずなのに、隆俊くんも喜んでいる。

「那須くんのこと、もういいんだ？」

からかうように尋ねたら、彼はちょっと考えるようにいったん目をそらした。

「秋芳に気があるのならば、まあ……あなたに手をだしてくることもないでしょうから」

そう言うと俺に視線を戻し、真顔で言う。

「あなたのお気にいりなのが、多少気にいりませんが」

俺は照れながら笑った。

「なに言ってるんだよ」

俺の一番のお気にいりはきみなんだよ、とは、無理強いでもされなきゃ言えないけど。

でも俺の気持ちは伝わったようで、隆俊くんが優しく微笑んで俺を見おろしてくる。

微笑みあって、心が温まる。

「ここは冷えます。中に入りましょう」

隆俊くんの腕が伸ばされた。

「うん」

俺は彼の手をしっかりと握って立ちあがった。そのままひょいと抱きかかえられて、いっしょの布団に横になる。

隆俊くんの大きな身体に抱かれて眠るのは、とても温かくて幸せだった。

あとがき

こんにちは、松雪奈々です。この度は「ウサギの国のナス」をお手にとっていただき、ありがとうございます。

編集様から「次は新しい主人公で、秋芳メインで」とのリクエストがあり、那須《なす》くんを召喚してみました。ちょっとだけ九里《きゅうり》くんと迷いました。

異文化コミュニケーションというのは、場合によっては外国人に対するよりも、日本人同士のほうがはるかに難しく感じることがあります。常識というのは属するコミュニティの中でしか通用しないものですが、そのコミュニティが自分で思っているよりもずっとちいさかったりすることに気づかぬまま過ごしていることって、往々にしてあるのだなあとしみじみ感じる出来事が若かりし頃にありまして、それがこのウサギの国の誕生に繋がりました。

これを書いているあいだは、主人公たちの恋愛模様を想像するのが楽しくて、楽しくて、とても楽しかったです。皆様にも楽しんでいただけたらいいなあと思います。

巻末の「イナバ日記」は隆俊泰英カップルファンのためのおまけです。なんだかもう砂を吐きそうですけど、ふたりが幸せに暮らしている様子が伝わればよいかと思い、掲載しました。

神田猫先生、素敵なイラストをありがとうございました。秋芳のかっこよさと勇輝の色っぽさにビビりました。とくに勇輝、これはウサ耳族たちが「色気が色気が」と騒ぐのも無理ないわと納得してしまいました。

担当編集様。このウサギの国の話を世にだすことができたのは、編集様のお力添えのお陰だと感謝しております。それからデザイナー様、校正者様、この本の出版に関わったすべての皆様に篤く御礼申しあげます。

二〇一三年五月

松雪奈々

✦初出　ウサギの国のナス……………書き下ろし
イナバ日記……………………書き下ろし

松雪奈々先生、神田猫先生へのお便り、本作品に関するご意見、ご感想などは
〒151-0051 東京都渋谷区千駄ヶ谷 4-9-7
幻冬舎コミックス　ルチル文庫「ウサギの国のナス」係まで。

幻冬舎ルチル文庫

ウサギの国のナス

2013年6月20日　第1刷発行

✦著者	松雪奈々　まつゆき なな
✦発行人	伊藤嘉彦
✦発行元	株式会社 幻冬舎コミックス 〒151-0051 東京都渋谷区千駄ヶ谷 4-9-7 電話 03(5411)6431[編集]
✦発売元	株式会社 幻冬舎 〒151-0051 東京都渋谷区千駄ヶ谷 4-9-7 電話 03(5411)6222[営業] 振替 00120-8-767643
✦印刷・製本所	中央精版印刷株式会社

✦検印廃止

ISBN978-4-344-82865-0　C0193　Printed in Japan